공부가 되는
세계 명화

글공작소

어린이 책 전문 창작 모임으로 우리 아이들에게 꼭 필요한 글을 다양한 분야에 걸쳐 연구 · 집필하고 있습니다. 출간 도서로는 『똑똑한 논리 탈무드』, 『성격과 기질로 알아보는 어린이 직업백과』, 『성격과 기질로 알아보는 롤모델 인물백과』, 〈다시 쓰는 우리명작〉 시리즈 등이 있습니다.

〈공부가 되는〉 시리즈 ❶

공부가 되는 세계 명화

초판 1쇄 발행 2010년 12월 16일
초판 10쇄 발행 2013년 5월 25일

지은이 글공작소

책임편집 김경리
책임디자인 노민지

펴낸이 이상순
주 간 서인찬
편집장 박윤주
기획전략팀 인현진
기획편집 유명화, 김초희, 주리아
디자인 유영준, 최성경, 박희정
마케팅 홍보 김미숙, 이상광, 김종열, 권장규, 박순주

펴낸곳 (주)도서출판 아름다운사람들
주소 (413-756) 경기도 파주시 회동길 103
대표전화 (031)955-1001 **팩스** (031)955-1083
이메일 books777@naver.com
홈페이지 www.books114.net

ISBN 978-89-94212-40-1 63650

공부가 되는 세계 명화

지은이 글공작소 | 추천 오양환 (前 하버드대 교수)

아름다운사람들

공부가 되는 세계 명화

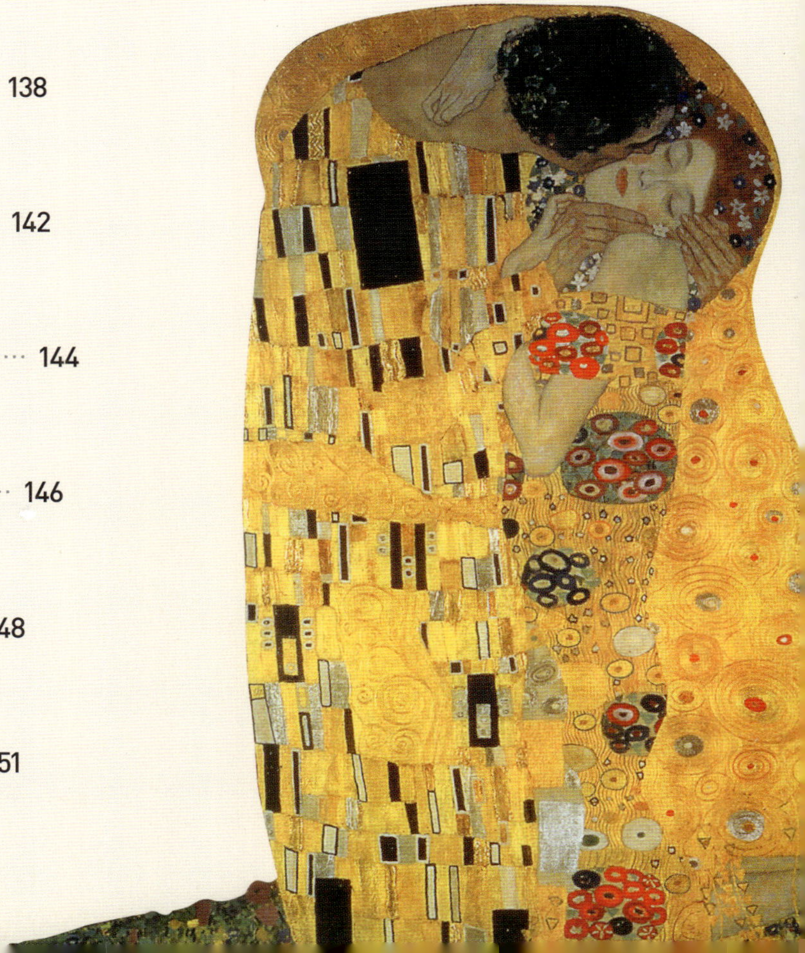

아이들에게 명화를 보여 주면 좋은 이유

1 명화 감상은 상상력의 영혼과 교감하는 것입니다

명화에는 자연의 색감과 인간의 상상력 그리고 화가의 세밀한 감정 등이 모두 담겨 있습니다. 아이들은 이런 명화를 보면서 부지불식간에 화가가 화폭에 쏟은 모든 감성적, 지적 재산과 최고의 상상력 그리고 숭고한 영혼과 교감하는 것입니다.
아이들의 상상력과 창의력은 바로 이 아름다운 교감을 통해 자라고 꽃피게 됩니다.

2 많이 자주 접할수록 좋습니다

많이 자주 접하는 것이 제일 중요합니다. 그러나 명화는 귀하고 자주 보기가 쉽지 않기 때문에 책으로 보여 주는 방법을 먼저 택합니다. 그리고 기회가 오면 미술관이나 전시회를 아이와 함께 가는 것을 병행합니다.
이런 과정을 통하여 어린 시절부터 명화를 자주 접하고 그 명화의 느낌이 자신도 모르게 몸에 배게 되면 그것이 훗날 위대한 상상력과 창의성의 주춧돌이 됩니다.
특히 상상력이나 창의성과 관련된 교육은 어려서부터 시작하는 것이 그 효과가 훨씬 큽니다.

3 알고 보면 더 잘 보입니다

모든 그림은 화가마다 나름대로 독특한 자기 세계를 보여 줍니다. 그래서 그 화가가 왜 그런 그림을 그렸는지에 관한 배경 지식을 알고 보면 훨씬 그림이 잘 보이고 이해도 빨라집니다.
이 책에는 그림에 대한 배경 지식과 작가에 대한 배경 지식을 함께 전달하고 있습니다. 그래서 그림이 훨씬 더 잘 보이고 재미도 있을 것입니다.

4 시대에 따라 그림도 달라집니다

화가도 역시 그 시대와 사회에 태어난 사람입니다. 그래서 보통 사람과 마찬가지로 그 시대와 사회의 역사적 배경과 환경에 영향을 받고 그에 따라 그림도 달라집니다.
고대 명화는 종교가 지배하는 사회였기 때문에 종교화가 대부분을 이룹니다. 그리고 그런 종교화에 반대한 르네상스 시대는 그리스·로마 신화를 배경으로 한 그림이 많아집니다. 이런 시대적 배경의 영향 아래 고전파가 생기고, 낭만파가 생기고, 인상파 등이 생기는 것입니다.

5 상상력과 창의력을 여는 『공부가 되는 세계 명화』

우리 아이들이 『공부가 되는 세계 명화』를 통해 그림과 작가에 대한 이해와 지식뿐만 아니라 명화를 통하여 상상력과 창의력의 영감도 듬뿍 얻길 바랍니다. 또한 앞으로 세계 어디를 가더라도 이 책에서 본 명화가 세계인과 소통하는 훌륭한 도구가 되고 상상력의 밑바탕이 되어 글로벌 시대의 주인공으로 우뚝 서기를 진심으로 바랍니다.

조토 1267?~1337 | 유럽 회화의 아버지

이탈리아 농부의 아들로 태어났다. 초기 르네상스 미술을 이끈 위대한 화가라는 평가를 받는다. 르네상스 시대 이전의 그림은 예술이라기보다는 글을 모르는 사람들에게 종교적인 교훈을 전달하기 위한 도구에 가까웠다.
그러나 조토는 그런 교훈적인 그림에서 벗어나 보다 생생하고 현실적인 그림을 많이 그렸다. 그래서 그는 피렌체 사람들의 열렬한 사랑을 받았다.

그리스도를 애도함

1304~1306년, 프레스코, 200×180cm,
스크로베니 성당, 이탈리아 파도바

십자가에 못 박혀 숨을 거둔 예수의 시신이 땅에 내려져 있고, 사람들이 이를 둘러싸고 슬퍼하고 있다. 그림 속 인물들의 고통스러운 표정에서 이들이 느끼는 슬픔이 생생하게 전해진다.

유다의 입맞춤

1305~1306년, 프레스코, 200×185cm, 스크로베니 성당, 이탈리아 파도바

"내가 입 맞추는 사람이 바로 그 사람이니 그를 붙잡으시오."
이제 유다는 예수에게 입 맞추어 그를 로마 군사들에게 팔아넘기려 한다.
"친구야, 네가 하러 온 일을 하여라."
예수는 이미 유다의 배신을 알고 있었다.
정중앙에서 침착한 얼굴로 내려다보는 사람이 예수이고 불안한 눈빛으로 올려다보는 사람이 유다이다.

르네상스란 무슨 말일까?

르네상스는 14~16세기 사이에 일어난 인간성이 말살된 중세의 문화에 반대한 인간 중심의 문화 예술 운동을 말해요.
르네상스는 이탈리아어로 학문 또는 예술의 재생·부활이라는 의미예요. 고대의 그리스·로마 문화를 부흥시킴으로써 새로운 문화를 창출해 내려는 운동이에요.
그 범위는 사상·문학·미술·건축 등 다방면에 걸친 것이에요. 르네상스는 이탈리아를 중심으로 일어나 유럽 전역으로 전파되었어요.

프레스코 기법

벽화를 그리는 대표적인 방법이에요. 프레스코화란 석회를 벽에 바른 다음, 마르기 전에 물감으로 색칠해서 그린 그림을 말해요.
기원전부터 그림을 그릴 때 사용되었다고 하는데, 이 프레스코 기법이 가장 많이 사용된 시기는 14~16세기까지라고 할 수 있어요.
우리가 알고 있는 르네상스 시대의 많은 명작들이 바로 이 프레스코 기법으로 그려졌지요.

얀 반 에이크 1395?~1441 | 르네상스 미술의 선구자

르네상스 초기의 화가로 네덜란드 출신이다. 형인 후베르트 반 에이크와 함께 근대적인 초상화 기법과 유채화 기법을 도입하여 르네상스 미술의 선구자라고 불린다. 그는 이전 화가들이 주로 사용하던 구도나 기법에 신경 쓰지 않고 자연을 눈에 보이는 그대로 그리고자 노력하였다. 이렇게 탄생한 섬세하고 정교한 그의 그림들은 훗날 이탈리아 예술에까지 큰 영향을 미쳤다.

롤랭 추기경과 성모

1434~1436년, 목판에 유채, 66×62cm, 루브르 미술관, 프랑스 파리

부르고뉴의 재상 롤랭이 추기경이 된 자신의 아들을 위해 반 에이크에게 주문한 그림으로, 왼쪽에 앉아 있는 사람이 아들인 롤랭 추기경이다. 공손하게 손을 모아 성모 마리아와 아기 예수에게 경배를 표하고 있다.

그림 속에 결혼과 관련된 상징들이 숨어 있다고?

이 그림은 상인이었던 지오반니 아르놀피니와 그의 부인 지오반니 체나미를 그린 그림이라고 해요. 아르놀피니가 오른손을 가슴 앞에 들고 있지요? 이것은 결혼 서약을 하고 있다는 뜻이에요.

부인이 그에게 오른손을 맡기고 있는 것은 남편의 뜻에 따르겠다는 의미에요. 부인의 배가 마치 임신을 한 것처럼 볼록하지요? 하지만 진짜 아기를 가진 것은 아니고 결혼의 풍요로움을 나타내기 위한 것이라고 해요.

그림 속 샹들리에에 촛불이 하나 밝혀져 있지요? 대낮인데도 이렇게 초를 밝혀 둔 것은 저 하늘 위에서 모든 것을 살펴보시는 하느님을 나타내는 것이에요.

부인의 발 아래 그려진 강아지가 보이나요? 강아지가 나타내는 것은 변함없는 애정과 충실함이에요.

아르놀피니의 뒤쪽에 보이는 창틀에 놓인 사과는 아담과 이브가 먹었던 선악과를 표현하고 있어요. 태초의 아담과 이브처럼 순수한 마음으로 행복한 결혼 생활이 되기를 바라는 마음을 그린 거에요.

이렇게 르네상스 시대의 그림에서는 주위의 사물을 통해서 은유와 상징을 표현했어요.

아르놀피니의 결혼

1434년, 목판에 유채, 82×60cm, 런던 국립 미술관, 영국 런던

거울 위에 '반 에이크 여기 있음. 1434년'이라고 적혀 있다. 이 글 때문에 사람들은 이 그림이 반 에이크 자신의 결혼식을 그린 것이라고 생각하기도 하고, 반 에이크가 이 결혼식의 증인을 선 것이라고 해석하기도 한다.

처음으로 원근법을 시도한 화가

마사초 1401~1428

르네상스 초기 시대를 대표하는 이탈리아 출신의 화가이다. 본명은 톰마소이지만 큰 덩치에 어수룩한 모습을 하고 다녀서 '돌덩어리'라는 뜻의 '마사초'라는 별명으로 더 널리 알려졌다. 조토의 뒤를 이어 르네상스풍의 미술 양식을 만들어 냈다는 평가를 받고 있다. 주로 성당 내부에 그림 그리는 일을 했던 그는 스물여덟 살이라는 젊은 나이에 세상을 떠나고 말았다. 그래서 그에 대한 역사적인 자료도 많지 않고 그가 남긴 작품의 수도 적은 편이다. 하지만 그림 속에 원근법을 도입해 평면적인 화면 위에 입체적인 느낌을 표현하기 시작한 것은 위대한 업적이라고 할 수 있다.

낙원 추방

1427~1428년, 프레스코, 208×88cm, 델 카르미네 성당, 이탈리아 피렌체

뱀의 유혹에 넘어가 선악과를 따 먹은 아담과 이브가 고통스런 표정으로 낙원에서 쫓겨나고 있다. 섬세한 명암이 이들의 절망과 후회를 생생하게 드러내 주고 있다.

성전세

1426~1427년, 프레스코, 255×598cm, 델 카르미네 성당, 이탈리아 피렌체

예수가 행한 기적을 그린 작품이다. 그림 속에서 성당을 지키는 관리가 예수 일행에게 세금을 요구하고 있다. 예수가 제자에게 강가의 물고기 입속을 살펴보라고 하자 제자는 그 속에서 금화를 발견해 관리에게 세금을 냈고, 예수 일행은 다툼 없이 성당으로 들어갈 수 있었다.

원근법

그림들을 보면 분명 평평한 면인데도 사물이 가까이 또는 멀리 있는 게 느껴지지요? 그게 바로 원근법을 사용해서 그런 거예요.

멀리 있는 것일수록 작게 보이고 가까이 있는 것일수록 크게 보이는 것처럼 그림도 그렇게 그리는 거예요. 가까이 있는 건 크게, 멀리 있는 건 작게 말이에요. 그렇게 표현하는 방법을 원근법이라고 해요. 다른 말로 투시도법이라고도 하지요.

프라 안젤리코 1387~1455 | 천사 같은 화가

화가이자 성직자로 이탈리아에서 태어났다. 본래의 이름은 따로 있지만 한 신부가 그의 진실하고 경건한 모습을 보고 '프라 안젤리코(축복받은 천사 수도사)'라고 부르기 시작하면서 그 이름으로 널리 알려졌다.

1445년에는 교황의 부탁으로 베드로 대성당과 바티칸 궁전에 그림을 그리기도 했을 만큼 실력이 뛰어났다. 성품이 매우 소박하고 청렴하여 교황이 피렌체의 대주교로 임명하려 하자 극구 사양하기도 하였다. 평생 동안 그림으로 신에 대한 경외심을 표현하며 살았다.

성모 마리아의 대관식

1430년경, 목판에 템페라, 209x206cm, 루브르 미술관, 프랑스 파리

산 도메니코 성당에 그려진 작품이다. 기독교의 승리를 상징하는 성모 마리아의 대관식 장면을 엄숙하고 웅장하게 그려 냈다.

템페라

달걀의 노른자와 아교(동물의 뼈나 가죽을 고아 만든 끈적끈적한 액체)를 섞어서 만든 불투명한 물감으로 그림을 그리는 방법을 말해요. 서양에서 15세기까지 널리 사용되었어요.
칠하고 나면 금방 말라 버려서 색을 섞어 칠하기는 어렵지만, 일단 마르고 나면 오래도록 색의 변화가 적은 것이 장점이에요.
물감을 기름에 섞어 그리는 유화 기법이 만들어진 이후로는 많이 쓰이지 않았지만 템페라만의 독특한 느낌을 좋아하는 일부 사람들은 지금도 종종 사용하고 있어요.

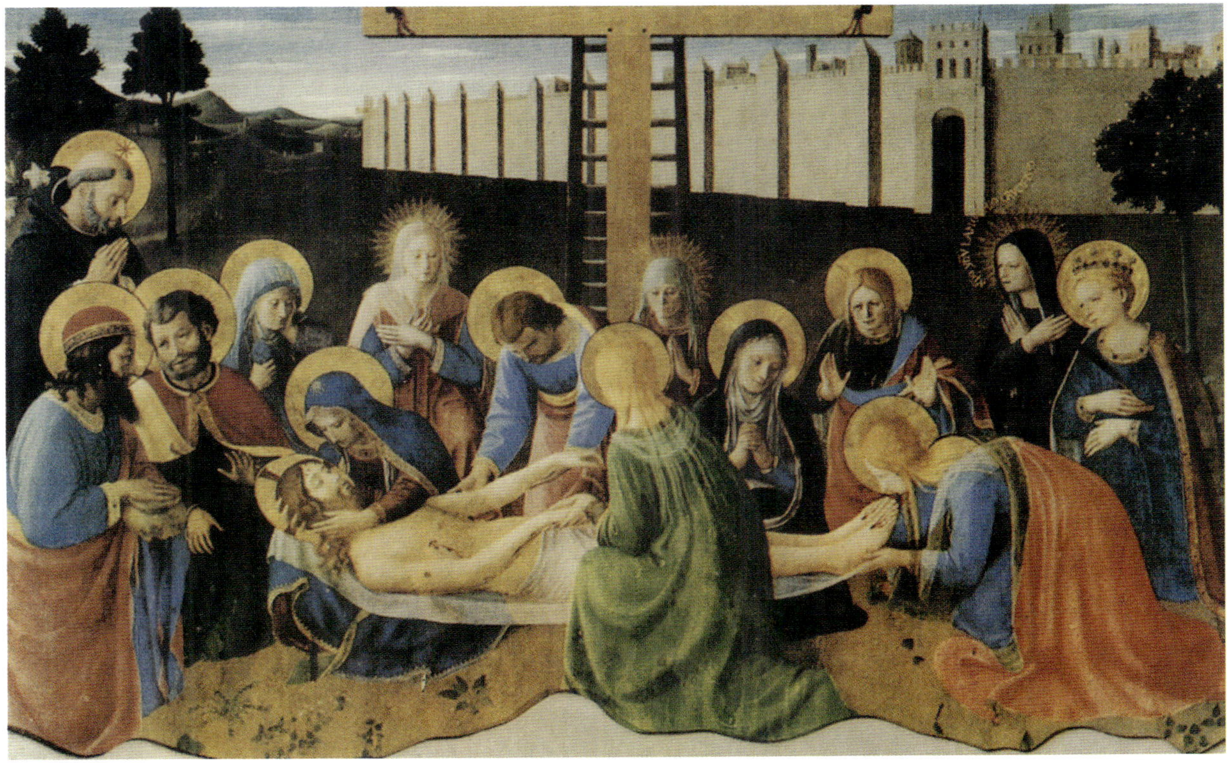

애도

1436년, 목판에 템페라, 108×165cm, 산 마르코 성당, 이탈리아 피렌체

요한을 비롯한 역사 속 성인들이 십자가에서 내려지는 예수를 둘러싼 채 애도하고 있다. 이들의 복장과 생김새의 특징으로 미루어 보아 서로 다른 시대에 살았던 성인들을 한자리에 모아서 그렸다는 것을 알 수 있다.

수태고지

1450년경, 프레스코, 216×321cm, 산 마르코 성당, 이탈리아 피렌체

천사 가브리엘이 마리아에게 하느님의 신성한 힘으로 아기 예수를 잉태하게 될 것임을 알려 주는 장면을 그렸다.

수태고지란 무슨 말일까?

성경 「누가복음」에 나오는 내용을 그린 것으로, 수태고지라는 말 그대로 '임신할 것을 알린다'라는 뜻이에요. 대천사 가브리엘이 마리아에게 예수를 낳게 될 것이라는 하느님의 말씀을 전해요. 그러면 그 말씀이 마리아의 배 속으로 들어가 아기 예수가 되는 거예요. 이 그림에서 마리아는 다소곳하게 두 손을 모으고 있어요. 마치 하느님의 말씀에 순종하겠다는 것처럼 보이지요. 다른 그림에서서는 마리아가 하얀 백합이나 매발톱꽃을 들고 있기도 해요. 백합은 마리아의 순결함을 나타내고, 매발톱꽃은 예수가 태어나 겪어야 될 고난을 나타낸다고 해요.

영혼의 불을 밝힌 화가

프란체스카 1416?~1492

이탈리아 출신의 화가로 르네상스 중기에 활동했으며, 성당의 제단에 그려지는 제단화를 많이 그렸다. 마사초의 뒤를 이어 원근법을 훌륭하게 표현해 낸 화가로 유명하다.
그림 속에서 빛의 위치에 따른 밝고 어두움을 잘 표현하기도 했는데, 이것은 그림 속에 원근법을 도입한 것만큼이나 놀라운 일이라는 평가를 받는다.
그는 나이 들어 시력이 약해지는 시련을 겪지만 그 와중에도 생동감 있는 그림들을 훌륭하게 그려 내 '영혼의 불을 밝힌 화가'라는 별명을 얻었다.

성 모자

1472년경, 목판에 템페라, 248×170cm,
브레라 미술관, 이탈리아 밀라노

우르비네 공작이 자신의 아들이 태어난 것을 기념하여 프란체스카에게 주문한 작품이다. 그림 속에서 무릎을 꿇고 있는 사람이 우르비네 공작이다. 성모 마리아는 그의 아내를, 아기 예수는 그의 아들을 모델로 해서 그렸다.

그리스도의 세례

1450년, 목판에 템페라, 167×116cm,
런던 국립 미술관, 영국 런던

산 세폴크로에 있는 성 요한 성당의 제단을 장식하기 위해 그려진 그림으로, 예수가 요한에게서 세례 받는 장면을 나타내고 있다.

느림보 프란체스카?

17세기의 유럽 화가들은 대부분 주문을 받아서 그림을 그렸어요. 당연히 그림을 그리기 전에 언제까지 그림을 완성하겠다는 계약서를 썼지요. 그렇지만 그림이 마음먹은 대로 그려지는 게 아니잖아요? 그래서 많은 화가들이 그림을 주문한 사람들의 독촉에 시달렸다고 해요.
어떤 사람들은 화가를 가두고 얼른 그림을 완성하라고 윽박지르기도 했대요. 그렇게 갇힌 채 그림을 그린 화가도 있었고, 또 갇혀 있다가 탈출한 화가도 있었다고 해요.

프란체스카는 어땠을까요? 그는 화가로서는 드물게 집안이 부유했다고 해요. 그래서 그림을 그려 주고 받는 돈에 그다지 신경을 쓰지 않았어요. 시간이 흘러가는 것에 아랑곳하지 않고 느릿느릿 그림을 완성했다고 하지요.
심지어 고향인 산 세폴크로에 있는 한 성당에서 주문한 벽화는 완성하는 데 17년이나 걸렸어요. 처음 주문을 받았을 당시에는 3년 안에 완성해 주겠다고 했던 그림을 말이에요.
또 다른 성당의 그림은 15년 동안 그렸다고도 해요. 그림을 주문한 사람들은 그의 뛰어난 실력 때문에 그림을 주문하기는 했지만, 정말 화가 많이 났을 것 같지요?

보티첼리 1445?~1510 | 〈비너스의 탄생〉을 그린 화가

르네상스 중기 시대의 대표적인 화가로, 이탈리아 출신이다. '보티첼리'는 '작은 통나무'라는 뜻인데, 키가 작고 뚱뚱했던 그의 외모 때문에 붙여진 이름이라고 한다. 바티칸 성당 꾸미는 일을 도맡아 할 정도로 실력을 인정받았다.

당시의 화가들은 대부분 기독교적인 내용을 그림으로 그렸는데, 그는 과감하게 그리스 신화를 주제로 그림들을 선보여 눈길을 끌었다. 색채가 투명하고 선이 부드러운 그의 그림들은 마치 한 편의 시를 읽는 듯한 느낌을 주어 그를 '시인 화가'라 부르기도 한다.

프리마베라

1477년경, 목판에 템페라, 203×314cm,
우피치 미술관, 이탈리아 피렌체

프리마베라는 이탈리아어로 봄을 뜻한다. 〈비너스의 탄생〉과 더불어 보티첼리 최고의 작품으로 손꼽히는 명작이다. 계절이 변하는 것은 바로 사랑의 힘이라는 것을 보티첼리는 이 그림에서 표현하려고 했다.

비너스와 마르스
1485년경, 목판에 템페라, 69×174cm,
런던 국립 미술관, 영국 런던

전쟁의 신 마르스가 사랑의 여신 비너스의 곁에서 갑옷을 벗고 무기도 내려 놓은 무방비한 상태로 나른하게 잠들어 있다.
사랑은 무력보다 강하다는 부드러운 메시지가 전해지는 그림이다.

비너스의 탄생
1485년경, 캔버스에 템페라,
172.5×278.5cm, 우피치 미술관,
이탈리아 피렌체

세계에서 가장 아름다운 그림 중의 하나로 손꼽힌다. 미의 여신 비너스가 바다의 거품에서 탄생해 육지에 도착하는 순간을 그리고 있다.

〈비너스의 탄생〉은 르네상스 최초의 누드화였대요

〈비너스의 탄생〉은 르네상스 시기에 처음으로 그려진 누드화예요. 비너스가 바다에서 태어나는 순간을 그리고 있으니, 옷을 입고 있다는 것이 더 이상하겠지요?
르네상스 시대가 시작되기 전인 중세 시대는 흔히 '암흑기'라고 부르는 굉장히 엄격한 시대였어요. 그래서 사람의 벗은 몸을 드러낸다는 것은 아무리 그림이라고 하더라도 상상도 할 수 없는 일이었어요. 하지만 르네상스는 '사람'을 중심으로 생각하는 시대였어요. 그래도 벗은 몸을 그린다는 것은 여전히 쉽지 않았는데, 보티첼리가 과감하게 자신의 상상력에 따라 비너스의 벗은 몸을 그린 것이지요. 그래서 르네상스 시대 최초의 누드화가 된 것이에요. 이 그림을 시작으로 해서 사람의 몸이 가진 아름다움을 자연스럽게 표현하기 시작했어요. 하지만 벗은 몸으로 그림에 등장할 수 있는 것은 신이나 신화 속의 인물들 같은 상상의 인물이어야 했어요. 현실의 사람을 벗은 몸으로 그리는 것은 여전히 쉽지 않은 일이었어요.

팔라스와 켄타우로스

1480년경, 캔버스에 템페라, 207×148cm,

우피치 미술관, 이탈리아 피렌체

보티첼리가 메디치가의 의뢰를 받아 그린 작품이다. 팔라스는 그리스 신화에 나오는 지혜와 전쟁의 여신 아테나를 뜻한다. 여신에게 머리칼을 잡힌 켄타우로스는 두려움에 떨고 있다. 오른손에 들고 있는 활은 이미 무용지물이다. 본능과 무지를 제압하는 이성의 힘을 나타내고 있다.

보스 1450?~1516 | 악마의 화가

르네상스 중기 네덜란드에서 태어나 종교적인 그림을 많이 그렸다. 대상을 사실에 가깝게 표현하려던 당시의 화가들과 달리 자유로운 상상력이 돋보이는 환상적인 그림들을 많이 남겼다. 이는 시대를 뛰어넘어 근대의 초현실주의 미술에까지 영향을 미쳤다.
인간의 타락한 모습과 이로 인해 겪게 되는 지옥의 끔찍한 모습들을 생생하게 그려 내어 '악마의 화가', '지옥의 화가'라는 별명을 얻기도 하였다.

골고다 가는 길
1515년경, 목판에 유채, 74×81cm,
겐트 미술관, 벨기에 겐트

예수가 십자가를 지고 골고다 언덕을 향하고 있다. 그 주변에는 예수가 자신들의 죄를 대신해 십자가에 매달리러 가는 것을 깨닫지 못하는 탐욕스러운 사람들의 모습이 그려져 있다.
그림 왼쪽에서 미소를 짓고 있는 여인은 베로니카이다. 그녀는 언덕을 오르는 예수의 얼굴에 흐르는 땀을 닦아 준 성녀이다.

세속적 쾌락의 정원

1503~1504년경, 목판에 유채, 220×97cm(왼쪽), 220×195cm(중앙), 220×97cm(오른쪽),
프라도 미술관, 스페인 마드리드

모두 세 폭으로 구성된 제단화이다. 보스의 대표작이자, 그의 작품들 중 가장 이해하기 어려운 작품으로 유명하다. 왼쪽부터 차례로 태초에 순수했던 인간의 모습과 쾌락에 빠진 모습, 지옥에서 벌을 받는 모습이 그려져 있다.

제단화란 교회의 제단 뒤쪽 칸막이에 그리는 그림을 말한다.

다빈치 1452~1519 | 세기를 뛰어넘는 위대한 천재

르네상스 미술이 중기에서 후기로 이어지던 시대에 활약한 이탈리아 화가이다. 다빈치는 15세기 이탈리아의 르네상스 미술을 완성시켰다고 일컬어지는 위대한 인물이다. 그림뿐만 아니라 조각, 건축, 과학에 이르기까지 여러 분야에 걸쳐 훌륭한 업적을 많이 남겼다. 그는 정확한 인체 표현을 위해 직접 사람의 몸을 해부해 보기도 하였다. 이러한 끊임없는 노력의 결과로 탄생한 그의 작품들은 역사에 길이 남을 불후의 명작들이 되었다.

◀ 암굴의 성모 1

1483~1486년, 목판에 유채, 199×122cm, 루브르 미술관, 프랑스 파리

암굴의 성모 2 ▶

1508년, 목판에 유채, 189.5×120cm, 런던 국립 미술관, 영국 런던

왼쪽 그림이 처음 공개되었을 때 성모 마리아와 천사의 손짓이 불경하다 하여 사람들의 엄청난 반발을 샀다. 이에 다빈치는 훨씬 온화한 모습의 오른쪽 그림을 다시 그렸다.

최후의 만찬

1494~1497년, 유채와 템페라, 460×880cm, 델라 그라치에 성당, 이탈리아 밀라노

예수가 십자가에 매달리기 전날, 열두 명의 제자들과 함께 만찬을 나누었다는 성경 구절을 표현한 작품이다.
"너희 중에 한 사람이 나를 팔리라."
예수가 이렇게 말하자 모두가 놀라는 표정을 그리고 있다.
르네상스 시대의 전성기를 열었다고 평가받는 작품으로, 특히 원근법의 표현이 훌륭하다. '마사초가 시작한 원근법을 다빈치가 완성하였다'라는 말이 있을 정도이다.

예수님은 최후의 만찬으로 무엇을 드셨을까?

예수님이 십자가에 못 박히기 전날 제자들과 최후의 만찬을 드셨던 것은 알고 있지요? 그날은 마침 유월절이었다고 해요. 유월절은 모세가 이스라엘 백성들을 이끌고 이집트를 탈출한 사건과 관련이 있는 유대인들의 기념일이에요.
이때 사람들은 양을 잡아 제물로 바치고 그 고기를 나눠 먹었다고 해요. 그래서 사람들은 다빈치의 〈최후의 만찬〉에 그려진 음식들도 당연히 고기 종류일 것이라고 생각했어요.
그런데 1999년에 이 그림의 때 묻은 부분들을 복원하고 보니 상 위에 차려진 음식들은 뜻밖에도 고기가 아니라 생선이었어요.

여기에는 재미있는 이야기가 있어요.
그리스어로 '예수', '그리스도', '하느님의 아들', '구세주'라는 단어의 첫 글자를 연결하면 무엇이 될까요? 그리스어로 '입투스', 즉 물고기라는 글자가 된다고 해요. 이런 이유로 기독교가 탄압을 받아 마음대로 예수를 그리지 못하던 시절에는 대신 물고기를 그려 넣기도 했다고 해요. 그래서 요즘도 예수의 상징물로 물고기를 차에 붙이고 다니는 사람들도 있지요.

세례자 요한
1513~1516년경, 목판에 유채, 59×67cm,
루브르 미술관, 프랑스 파리

어두운 배경에 웃옷을 벗은 요한이 미소를 짓고 있다. 그의 미소에는 〈모나리자〉에서 그렸던 것과 같은 다빈치 특유의 신비로움이 깃들어 있다.

〈모나리자〉는 왜 눈썹이 없을까?

어느 날 다빈치에게 조콘도라는 사람이 부인의 초상화를 부탁했어요. 다빈치도 그 부인의 모습이 마음에 들어 흔쾌히 동의를 했지요. 그 부인도 기쁜 마음으로 모델이 되었어요.
위대한 〈모나리자〉가 탄생하는 순간이었어요. 하지만 〈모나리자〉는 쉽게 완성이 되지 않았어요. 어느덧 3년이라는 시간이 흘렀지요. 기다리다 지친 부인의 가족은 그림의 눈썹만 남겨 놓은 채 여행을 떠나게 되었어요. 하지만 여행 중 부인은 병이 들어 세상을 떠나고 말았어요.
결국 부인의 사망으로 눈썹을 마저 그리지 못한 〈모나리자〉가 지금까지 전해져 오고 있어요.

스푸마토 기법

스푸마토는 이탈리아어로 '연기처럼 사라지다'라는 뜻이에요. 그림에서 섬세하고 부드러운 표현을 할 때 쓰이는 음영법인데, 대상의 윤곽을 마치 안개에 싸인 것처럼 부드럽게 나타내는 것을 말해요.

모나리자

1503년~1506년, 목판에 유채, 77×53cm, 루브르 미술관, 프랑스 파리

세계 미술의 역사에서 가장 유명한 작품 중의 하나이다. 다빈치의 독창적인 기법인 스푸마토를 이용해 표현한 미소가 신비롭다.

뒤러 1471~1528 | '북유럽의 다빈치'라 불린 화가

르네상스 중기에서 후기로 접어들 무렵에 활동했던 독일 화가로, 독일 미술의 르네상스를 완성했다는 평가를 받는다.
판화 작품을 많이 남겼을 뿐만 아니라, 이를 예술의 경지로 끌어올렸다는 찬사를 받기도 한다. 여러 나라를 여행하며 얻은 경험을 그림에 많이 반영시켰으며, 다양한 분야에 걸쳐 재능을 발휘해 '북유럽의 다빈치'라고 불리기도 하였다.

아담과 이브

1507년, 목판에 유채, 209×81cm(왼쪽), 209×82cm(오른쪽),
프라도 미술관, 스페인 마드리드

아담과 이브를 주제로 한 유화 작품이다. 인체를 9등신에 가깝게 표현하고 있으며, 왼쪽의 아담에게서는 그리스의 청년 조각상 같은 아름다움이 느껴진다.
죄의식으로 고통받는 모습이 아니라 건강하고 활달한 모습으로 아담과 이브를 표현한 점이 인상적이다.

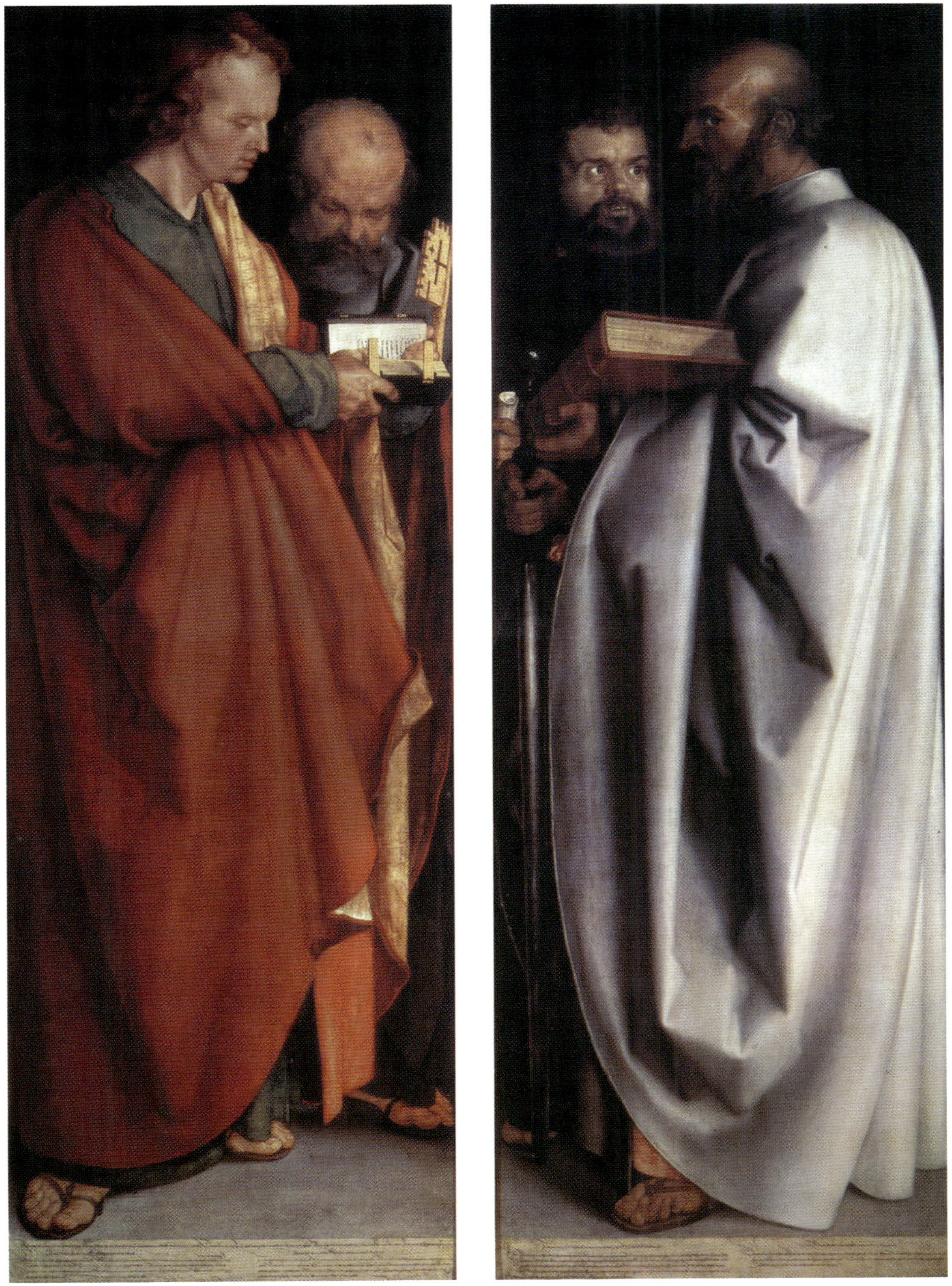

뒤러는 왜 다빈치보다 인기가 많았을까?

당시에는 미켈란젤로나 다빈치보다 뒤러가 훨씬 더 사람들에게 인기가 있었어요.
그 이유는 사실 알고 보면 아주 간단해요. 뒤러는 그의 작품들을 주로 판화로 만들었기 때문이에요. 판화는 같은 그림을 여러 장 찍어 낼 수 있어요. 그래서 당시의 사람들은 누구나 쉽게 뒤러의 그림을 접할 수 있었지요. 누구나 뒤러의 그림을 보고 이야기하고 가질 수 있었기 때문에 당연히 인기가 많아질 수밖에 없었지요.

판화

나무, 금속, 돌 등의 면에 그림을 그린 후, 그림 부분을 도구를 이용해 파 낸 다음 그곳에 잉크나 물감 등을 칠하여 종이나 천으로 찍어 내는 것을 판화라고 해요. 판화의 장점은 같은 그림을 무수히 만들어 낼 수 있는 것이지요.
그중에 동판화는 구리 판에 홈을 내는 것을 말하고 동판화 중에서도 에칭은 부식 동판을 말해요.

4인의 사도
1526년, 목판에 유채, 215.5×76cm(왼쪽), 214.5×76cm(오른쪽),
알테 피나코테크 미술관, 독일 뮌헨

독일 회화 중 최고로 손꼽히는 작품이다. 그림 속 인물들은 왼쪽부터 차례대로 요한, 베드로, 마가, 바울이다.

미켈란젤로 1475~1564 | 〈천지 창조〉를 그린 화가

이탈리아에서 태어나 르네상스 후기에 활동했다. 뛰어난 조각가이자 화가였으며 건축가이자 시인이기도 했을 만큼 다재다능하였다. 다빈치, 라파엘로와 더불어 르네상스를 대표하는 3대 화가로 일컬어진다. 그는 〈피에타〉, 〈다비드〉 등의 훌륭한 조각상을 만들어 내면서 조각가로 먼저 인정을 받았다. 그러던 중 교황 율리우스 2세의 요청에 의해 시스티나 성당의 천장 벽화를 그리게 되었는데, 오랜 시간에 걸쳐 이 작품을 완성하는 동안 그는 진정한 대화가로 거듭나게 되었다.

예언자 이사야

1508~1512년, 프레스코, 365×380cm,
천장화 일부, 시스티나 성당, 바티칸

이사야는 구약 성서에 나오는 최고의 예언자이다. 미켈란젤로는 앉아 있는 정적인 자세의 인물을 그리면서도 팔의 각도 등에 변화를 주어 동적인 느낌을 살렸다.

아담의 창조

1510년경, 프레스코, 280×570cm,
천장화 일부, 시스티나 성당, 바티칸

시스티나 성당 천장에 그린 구약 성서에 나오는 내용 중 가장 유명한 작품이 바로 이 〈아담의 창조〉이다. 하느님이 인간을 창조한 뒤 아담에게 손끝으로 영혼을 불어넣는 장면이 묘사되어 있다.

내가 알고 있네!

어느 날 교황 율리우스 2세는 미켈란젤로에게 시스티나 성당의 천장화를 그리는 일을 맡겼어요. 미켈란젤로는 처음에는 거절했지만 결국 그림을 그리게 되었지요. 무려 4년이라는 시간을 들여 천장 밑에 세운 작업대에 앉아 고개를 뒤로 젖힌 채 직접 손으로 하나하나 그림을 그려 나가는 아주 고된 작업이었어요.

이로 인해 목과 눈에 이상이 생기기도 했지만, 그는 모든 어려움을 극복하고 혼자서 4년 만에 이 대작을 완성하였어요.

그날도 미켈란젤로는 작업대에 앉아 그림을 그리고 있었지요.

마침 제자가 찾아와서 스승이 고생하는 것이 너무 안타까워 한마디 하였어요.

"스승님, 누가 안다고 그렇게 혼신을 다하십니까. 천장이라 어차피 잘 보이지도 않습니다."

그러자 미켈란젤로가 말했어요.

"내가 알고 있네!"

최후의 심판

1534~1541년, 프레스코, 1307×1202cm,
시스티나 성당, 바티칸

시스티나 성당에 그려진 벽화로, 공개되었을 당시 로마 사람들 전체가 크게 웃었다고 한다. 미켈란젤로와 사이가 나빴던 의전관 비아조 다 체세나가 뱀에 칭칭 감긴 흉한 모습으로 지옥 한구석에 그려져 있었기 때문이었다. 체세나가 울면서 자신의 모습을 그림에서 빼 줄 것을 교황에게 애원했지만 결국 자신을 지옥에서 구원하는 데 실패했다.

에리트리아의 무녀

1508~1512년, 프레스코, 360×380cm,
천장화 일부, 시스티나 성당, 바티칸

미켈란젤로는 바티칸 시스티나 성당의 천장에 다섯 명의 시빌레를 그렸다. 시빌레는 그리스 신화에 나오는 무녀를 뜻한다. 이 작품은 그중 에리트리아 지역의 무녀를 그린 것이다. 커다란 책장을 넘기고 있는 무녀의 엄숙한 표정이 마치 신의 계시를 기다리는 듯한 느낌을 준다.

조르조네 1477?~1510 | 베네치아 회화의 창시자

르네상스 후기 시대에 활동한 이탈리아의 화가이다. 베네치아풍의 그림을 만들어 낸 사람으로 유명하지만, 서른두 살의 젊은 나이에 죽었다는 것 이외에는 기록이 거의 남아 있지 않다. 화가로 명성을 얻고 난 후 '훌륭한 조르조'라는 의미의 '조르조네'로 불리게 되었다.
그림의 색과 분위기, 비례 등을 잘 활용하여 그림 속 인물들과 배경이 하나로 어우러지는 개성적인 그림들을 남겼다. 그러나 자신의 그림에 이름과 제작 연도를 정확하게 기록하지 않아, 남아 있는 다섯 점의 작품에 대해서도 그의 작품이 확실한지에 대한 논쟁이 계속되고 있다.

잠자는 비너스

1510년, 캔버스에 유채, 108×175cm,
드레스덴 미술관, 독일 드레스덴

유럽의 미술 역사에서 누워 있는 여인의 나체를 그린 최초의 작품이다. 조르조네가 이 그림을 그리던 도중 갑자기 사망해 제자인 티치아노가 완성했다.

전원의 음악회

1509년경, 캔버스에 유채, 110×138cm,
루브르 미술관, 프랑스 파리

조르조네 그림의 특징이 잘 나타나 있는 작품으로, 인물과 풍경이 마치 하나인 것처럼 부드럽게 어우러져 있다. 인물들의 평화로운 모습과 달리 하늘은 금방이라도 폭우가 쏟아질 것처럼 흐린 모습을 하고 있어서 긴장감을 느끼게 한다.

폭풍우

1505년경, 캔버스에 유채, 82×73cm,
아카데미아 미술관, 이탈리아 베네치아

조르조네 이전의 화가들은 풍경을 그림의 빈 곳을 메우는 용도로만 그렸다. 그러나 그는 그 풍경에 낭만과 감성을 불어넣어, 보는 사람들을 감동시켰다.

라파엘로 1483~1520 | 르네상스의 3대 거장

르네상스 후기 시대에 활동한 이탈리아의 화가이자 건축가이다. 다빈치, 미켈란젤로와 더불어 르네상스의 3대 거장으로 불린다. 열여섯 살에 이미 천재적인 재능을 인정받아 대가로 불렸으나 안타깝게도 서른여섯 살의 젊은 나이로 세상을 떠나고 말았다.
교황 레오 10세는 그의 재능에 반해 그에게 추기경 지위를 내리려고 하였다. 그러나 그가 갑작스럽게 죽음을 맞이하자 안타까워하며 그의 장례를 국장으로 치러 주었다. 비록 짧은 시간을 살다 갔지만 그가 남긴 작품들은 세계 미술의 역사에 크나큰 영향을 미쳤다.

검은 방울새의 성모

1506년, 목판에 유채, 107×77cm, 우피치 미술관, 이탈리아 피렌체

라파엘로가 친구의 결혼식을 위해 그렸던 작품이다. 한때 열일곱 조각으로 깨지는 수난을 겪기도 하였으나 얼마 전 최신 기술이 투입돼 복원에 성공하였다. 라파엘로 최고의 걸작 중 하나로 손꼽히는 작품이다.

아테네 학당

1511년경, 프레스코, 579.5×823.5cm, 바티칸 미술관, 바티칸

그림에 등장하는 고대 철학자들의 모습은 라파엘로가 존경하는 예술가들의 모습을 본떠 그렸다. 플라톤은 레오나르도 다빈치의 얼굴을, 유클리드는 건축가 브라만테의 얼굴을, 헤라클레이토스는 미켈란젤로의 얼굴을 하고 있다. 라파엘로 자신은 오른쪽 아래 구석에 검은 모자를 쓴 모습으로 숨어 있다.

아름다운 정원사 성모 마리아

1507년, 목판에 유채, 122×80cm, 루브르 미술관, 프랑스 파리

라파엘로는 성 모자상을 그렸는데, 주로 부드럽고 안정적인 느낌을 주는 삼각형 구도를 많이 활용하였다. 이 성 모자상은 그의 성 모자상들 중에서 가장 선이 세련된 그림으로 평가받는 작품이다.

그란두카의 성모

1504년, 목판에 유채, 84×55cm, 피티 미술관, 이탈리아 피렌체

배경 없이 극히 단순한 구도로 대상을 표현한 것이 특징이다. 자애로우면서도 위엄 있는 성모의 모습과 아기임에도 근엄하게 묘사된 예수의 모습이 성스러움을 느끼게 한다.

유화

수채화는 물감을 물에 풀어서 그린 그림을 말하지요? 유화는 물감을 기름에 풀어서 그린 그림을 말해요.
주로 천으로 만든 캔버스나 나무판으로 만든 패널에 그림을 그리지요. 색이 선명하고 다양한 표현이 가능해 오늘날까지 널리 쓰이고 있는 방법이에요. 이렇게 그린 그림을 유채화라고도 해요.

마리아의 결혼식

1504년, 목판에 유채, 170×117cm, 브레라 미술관, 이탈리아 밀라노

성모 마리아와 요셉의 결혼식 장면을 그린 작품이다. 마리아는 본래 결혼에 뜻이 없었다. 신을 위해 평생을 헌신할 생각이었던 것이다.
그러나 마리아가 올린 기도에 하느님은 결혼을 하라는 답과 함께 '막대기가 없는 자의 막대기에 꽃이 필 것이다'라는 말씀을 내렸다. 그림을 살펴보면 마리아의 남편이 될 요셉이 들고 있는 막대기에 꽃이 피어 있는 것을 볼 수 있다.

티치아노 1488~1576 | 아름다운 누드화의 대가

바로크풍의 그림 양식을 개척한 이탈리아 출신의 화가이다. 그는 특히 아름답고 관능적인 여성들의 누드화를 즐겨 그렸는데, 이는 미술의 역사에도 큰 영향을 끼쳤다. 다른 화가들이 앞다투어 그의 누드화를 흉내 내면서 전 유럽에 누드화 유행이 열풍처럼 불어닥쳤던 것이다. 후대의 화가 루벤스는 가장 존경하는 인물로 티치아노를 꼽기도 하였다.

다나에

1545~1546년, 캔버스에 유채, 69x117cm,
카포디몬테 국립 미술관, 이탈리아 나폴리

이 그림은 그리스 신화의 한 장면으로, 제우스가 황금비로 변해 다나에를 유혹하는 모습을 묘사하고 있다. 다나에의 모습이 아름답고 대담하게 그려져 있다.

우르비노의 비너스

1538년경, 캔버스에 유채, 119×165cm, 우피치 미술관, 이탈리아 피렌체

스승 조르조네의 그림 〈잠자는 비너스〉를 티치아노가 자신의 개성을 살려 다시 그린 작품이다. 조르조네의 그림 속에 나오는 여인은 신화 속 인물 같은 느낌을 주지만, 티치아노의 그림 속 여인은 살아 있는 현실 속의 여인 같은 느낌을 준다.

황금비로 변한 제우스

그리스 신화에서 아르고스의 왕 아크리시오스는 손자에게 목숨을 잃을 것이라는 예언을 받았어요. 그는 예언을 피하고자 외동딸 다나에를 지하 감옥에 가두고 아무도 만나지 못하게 하였어요. 그러나 다나에의 미모에 관한 소문은 널리 퍼져 제우스의 귀에까지 들어갔어요. 그래서 제우스는 황금비로 변해 다나에가 갇힌 지하 감옥에 스며들어 그녀를 유혹했고, 다나에는 영웅 페르세우스를 낳았어요. 페르세우스는 출생의 비밀을 모른 채 세상을 떠돌다 아르고스로 돌아와 할아버지 아크리시오스를 죽이게 돼요.

르네상스가 싫어요

바로크란 '일그러진 진주'라는 뜻으로 딱딱한 틀에서 벗어나 자유로운 개성이 표현된 문화 양식을 말해요.
반듯하고 단정한 그림 스타일의 르네상스 미술 양식과 달리, 화가의 상상력과 개성을 담아 그림을 그리는 미술 흐름을 말하는 것이지요.
이처럼 르네상스 미술 양식과 다른 미술 흐름에는 바로크 말고도 로코코 양식이란 것도 있어요.
뜻은 '조개 장식 무늬'를 가리키는 말로, 경쾌하고 화려한 것이 특색이지요. 둘 다 르네상스 미술에 싫증을 느껴 등장한 새로운 미술의 흐름이에요.

홀바인 1497~1543 | 궁정 화가

독일 출신으로 아버지에게서 그림을 배웠다. 종교적 분위기와 세속적 분위기가 어우러진 화풍으로 독일 최고의 화가로 평가받는다. 그는 초상화를 예술의 경지로 끌어올린 화가다. 그의 초상화는 냉정하고 예리한 관찰을 바탕으로 인물의 성격까지 잘 드러내는 것으로 유명하다. 초상화가로서의 경력은 독일이 아닌 영국에서 꽃피웠는데 영국에서 헨리 8세의 초상화를 그려 실력을 인정받고 영국 왕실 최초의 궁정 화가가 되었다.

헨리 8세의 초상

1537년, 목판에 유채, 28×20cm,
티센 보르네미자 미술관, 스페인 마드리

헨리 8세는 홀바인에게 자신의 힘과 권위를 강조할 수 있는 초상화를 부탁했다.
홀바인은 주문대로 자신에 찬 왕의 모습을 세밀하게 그려 내었다. 뿐만 아니라 넓적한 얼굴과 매서운 눈초리 등으로 헨리 8세의 독특한 성격까지 그림에 담아내는 데 성공하였다.

대사들
1533년, 목판에 템페라, 207×209.5cm, 런던 국립 미술관, 영국 런던

그림 속 인물들은 영국에 파견된 프랑스 대사들이다. 이들은 당시 매우 젊은 나이였음에도 불구하고 상당히 나이 든 것처럼 표현되어 있다. 그들의 발치에는 길게 늘어난 해골도 놓여 있다. 이는 젊음도 권력도 부도 영원하지 못할 것임을 암시하는 것이다.

궁정 화가

왕과 그 가족을 위해 고용되어 그림을 그려 주는 화가를 말해요.
당연히 특권과 신분 보장이 있었고 경제적 보상도 두둑했겠지요. 궁정 화가가 나타나기 시작한 시기는 르네상스 이후예요.
특히 프랑스 루이 왕조의 궁정에서 발달했어요. 궁정 화가가 되면 왕실에서 주문한 그림 제작은 물론, 예술 관계 전반에 걸쳐 절대적 권한을 가졌어요. 우리나라로 보면 조선 시대 도화서의 화가들을 궁정 화가라고 할 수 있어요.

파르미자니노 1503~1540 | 라파엘로의 재림

이탈리아 출신의 화가로, 파르마가 고향이다. 그의 이름은 '파르마의 화가'라는 뜻이다. 이는 그가 한 도시의 대표로 인정받을 만큼 뛰어난 인물이었다는 사실을 알려 주고 있다.

그는 이탈리아에서 처음으로 에칭 기법을 시작한 화가이자 매너리즘의 창시자이다. 그는 르네상스 시대의 그림들을 흉내 낸 작품들을 많이 그렸는데, 이는 '마니에스리모'라 불렸으며 영어로는 '매너리즘'이라 한다. '르네상스 시대의 라파엘로가 다시 태어난 것 같다'는 찬사를 받을 정도로 훌륭한 화가였지만, 서른일곱 살의 젊은 나이로 세상을 떠나고 말았다.

목이 긴 성모

1534년경, 목판에 유채, 216×132cm, 우피치 미술관, 이탈리아 피렌체

당시 르네상스 시대의 화가들이 워낙 훌륭한 작품들을 남겨 더 이상 새로운 방식을 찾기가 힘들었다. 그러나 파르미자니노는 자신만의 새로움을 찾아냈다. 작품에서 보는 것처럼 인체 비례를 10등신에 가깝게 하여 인물이 길게 늘어난 것처럼 보이게 한 것이다.

황금 화살일까, 납 화살일까?

에로스는 미의 여신 비너스의 아들이에요. 에로스는 세상에 사랑을 퍼뜨리는 일을 했어요.
에로스가 쏜 황금 화살을 맞은 사람은 누구든 처음으로 눈에 띈 사람을 사랑하게 된다고 해요.
그런데 에로스가 항상 사랑만 퍼뜨렸던 건 아니었어요. 에로스는 납으로 만든 화살도 가지고 다녔는데, 그 화살에 맞은 사람은 처음으로 눈에 띈 사람을 죽도록 미워하게 된다고 해요. 이 황금 화살과 납 화살로 에로스는 짓궂은 장난을 꽤 쳤어요. 재미있는 건, 나중엔 에로스 자신도 화살에 찔리게 된다는 거예요. 그래서 프시케라는 인간 여인을 열렬히 사랑했다는 이야기가 있어요.

활을 만드는 에로스
1533~1534년, 목판에 유채, 135×65.3cm,
빈 미술사 박물관, 오스트리아 빈

고개를 돌려 시선을 마주쳐 오는 에로스의 모습이 마치 그림 속 모습을 훔쳐보다 들킨 것 같은 느낌을 받게 하는 작품이다.

틴토레토 1518~1594 | 스승의 질투를 받은 천재

이탈리아의 화가로, 그의 이름은 '염색공의 아들'이라는 뜻이다. 어린 시절 틴토레토는 아버지의 염색 공장 벽에 낙서를 하곤 하였다. 이를 본 그의 아버지는 아들의 재능이 예사롭지 않다고 여겨 티치아노의 공방에서 그림을 배우게 했다.

그러나 틴토레토는 열흘도 못 돼 티치아노의 공방에서 쫓겨나고 말았다. 틴토레토가 이미 그림에서 자신만의 확고한 개성을 갖추고 있었기 때문이다. 틴토레토는 스승 티치아노와 자주 대립하며 관계가 원만하지 못하였지만, 그래도 평생 스승을 존경하였다고 한다.

은하수는 어떻게 생겨났을까?

그리스 신화에서는 은하수를 헤라의 젖이 하늘에 뿌려지면서 만들어진 것이라고 해요.
제우스가 헤라클레스에게 영원한 생명을 주기 위해 헤라에게 몰래 다가가 젖을 먹였어요. 이때 헤라클레스가 너무 세차게 젖을 빨아 헤라의 젖이 사방으로 뿜어져 나왔는데, 하늘에 뿌려진 젖은 은하수가 되었고, 땅에 떨어진 젖은 백합이 되었어요.

은하수의 기원

1575년, 캔버스에 유채, 149×168cm,
런던 국립 미술관, 영국 런던

은하수가 생긴 기원을 그리스 신화에 나오는 내용에 따라 작가의 상상력을 동원해 그려 낸 작품이다.
현재 이 그림은 아랫부분이 잘려 나가고 없는데, 잘린 아랫부분에 백합이 그려져 있었다고 한다.

최후의 만찬

1592~1594년, 캔버스에 유채, 363×568cm, 산 조르조 마조레 성당, 이탈리아 베네치아

다빈치의 〈최후의 만찬〉과 같은 주제로 그린 그림이다. 다빈치의 그림이 매우 성스럽고 위엄 있는 분위기라면, 틴토레토의 그림은 평민들의 일상생활을 그린 것처럼 매우 소박하고 투박한 분위기이다.

브뢰겔 1525~1569 | 최초의 농민 화가

네덜란드 출신으로, 플랑드르 화풍을 대표하는 화가이다. 플랑드르는 오늘날의 벨기에 지역으로, 17~18세기 서양 미술의 역사에 있어 중요한 비중을 차지하였다.
브뢰겔은 그림의 주제에 많은 변화를 보였다. 초기에는 주로 보통 사람들 사이의 미신이나 전설 등을 그렸고, 차츰 사회적인 문제에 많은 관심을 보였다. 후기에는 주로 우직한 농민들의 모습을 주로 그려 '최초의 농민 화가'로 불린다.

바벨탑의 전설

구약 성서에 따르면 벽돌을 발명한 인간들은 하늘까지 닿는 탑을 쌓아 신의 권위에 도전하고자 했어요. 이에 분노한 신은 하루아침에 인간들의 언어를 여러 가지로 갈라 놓았고 혼란에 빠진 인간들은 탑 쌓기를 포기하고 말았어요.
그래서 지금 사람들은 서로 다른 언어를 사용하고 있다고 해요.

바벨탑
1563년, 목판에 유채, 114×154cm,
빈 미술사 박물관, 오스트리아 빈

브뢰겔은 로마의 원형 극장을 모델로 하여 인간의 오만함을 상징하는 이 사건을 웅장하게 그리고 있다.

네덜란드의 속담

1559년, 목판에 유채, 117×163cm, 베를린 국립 미술관, 독일 베를린

그림 속 인물들이 서로 어울려 이야기를 만들어 내고 있다.
브뢰겔은 100여 개에 이르는 네덜란드의 속담을 이 한 장의 그림 속에 담아내고 있다.

엘 그레코 1541?-1614 | 스페인의 3대 화가

스페인에서 주로 활동한 그리스 화가이다. 엘 그레코는 스페인어로 '그리스인'이라는 뜻이다. 그는 16세기 화가이지만 그의 작품에서는 20세기 초현실주의 화가들이 그렸을 법한 과감하고 환상적인 표현들을 볼 수 있다. 그러나 당시에는 기괴하고 일그러진 그림을 그린다고 비웃음을 사기도 하였다. 매너리즘의 대표 화가이며 현재는 고야, 벨라스케스와 함께 스페인 3대 화가로 불린다.

톨레도의 풍경

1604~1614년, 캔버스에 유채, 121×109cm,
메트로폴리탄 미술관, 미국 뉴욕

엘 그레코는 서른여섯 살에 스페인 톨레도에 정착하여 일흔세 살로 죽음을 맞이할 때까지 이곳을 떠나지 않았다. 그는 톨레도의 풍경을 과감하고 환상적인 방법으로 묘사하였다.

매너리즘

원래 매너리즘이란 미술 사조에서 나온 말로 양식, 기법이란 뜻을 담고 있어요. 매너리즘은 르네상스의 미술을 기교적으로 따라하거나 모방하는 양식을 말해요.
당시는 하나의 미술 사조였지만 지금은 예술 창작이나 발상 면에서 독창성을 잃고 평범한 경향으로 흘러가는 경향과 습관적으로 되풀이되어 신선한 맛을 잃어버리는 것을 말해요.
오늘날에는 일상에서 더 많이 사용하는 말로 현상을 유지하는 경향이나 자세를 가리켜 흔히 '매너리즘에 빠졌다'라고 해요.

오르가스 백작의 매장
1586년경, 캔버스에 유채, 488×360cm,
산토 토메 성당, 스페인 톨레도

스페인 톨레도의 산토 토메 성당에 걸려 있는 그림이다. 이 성당을 후원했던 오르가스 백작이 죽어 매장을 할 때 하늘에서 두 성자가 내려와 도왔다고 한다. 그 기적의 장면을 그림으로 표현했다.

카라바조 1573~1610 | 명암 대조법의 창시자

바로크 초기 시대에 활동한 이탈리아 화가이다. 르네상스 시대의 미켈란젤로와 이름이 같아 자신이 태어난 마을의 이름을 따 '카라바조'라는 이름으로 활동했다. 그는 처음으로 명암 대조법을 만들어 낸 화가로서, 빛과 어둠의 대비를 훌륭하게 표현하여 극적인 감동을 주는 그림들로 이름을 떨쳤다. 그러나 그의 삶에는 문제가 많았다. 실수로 살인을 저지르기도 하고, 원한을 산 사람의 칼에 찔려 죽음 직전에 이르기도 하였다.
결국 병에 걸려 서른아홉 살에 생을 마감했지만 그가 남긴 그림은 많은 사람들에게 영향을 끼쳤다. 카라바조의 그림 기법을 따른 화가들을 가리켜 '카라바지스트'라고 부른다.

병든 바쿠스

1593년경, 캔버스에 유채, 67×53cm,
보르게제 미술관, 이탈리아 로마

바쿠스는 그리스 신화에 나오는 술의 신이다. 그리스 시대의 술은 곧 포도주를 의미하는데, 바쿠스는 술의 신이라는 이름에 걸맞게 포도나무 줄기로 만든 관을 머리에 쓰고 포도송이를 손에 들고 있다. 그러나 검은 손톱과 창백한 입술 등은 마치 술의 해로움을 알려 주고 있는 듯하다.

그리스도의 매장

1602년경, 캔버스에 유채, 300×203cm,
바티칸 미술관, 바티칸

카라바조가 남긴 최고의 작품 중 하나로, 많은 화가들이 '그림의 교과서'라 찬양해 마지 않았던 작품이다.

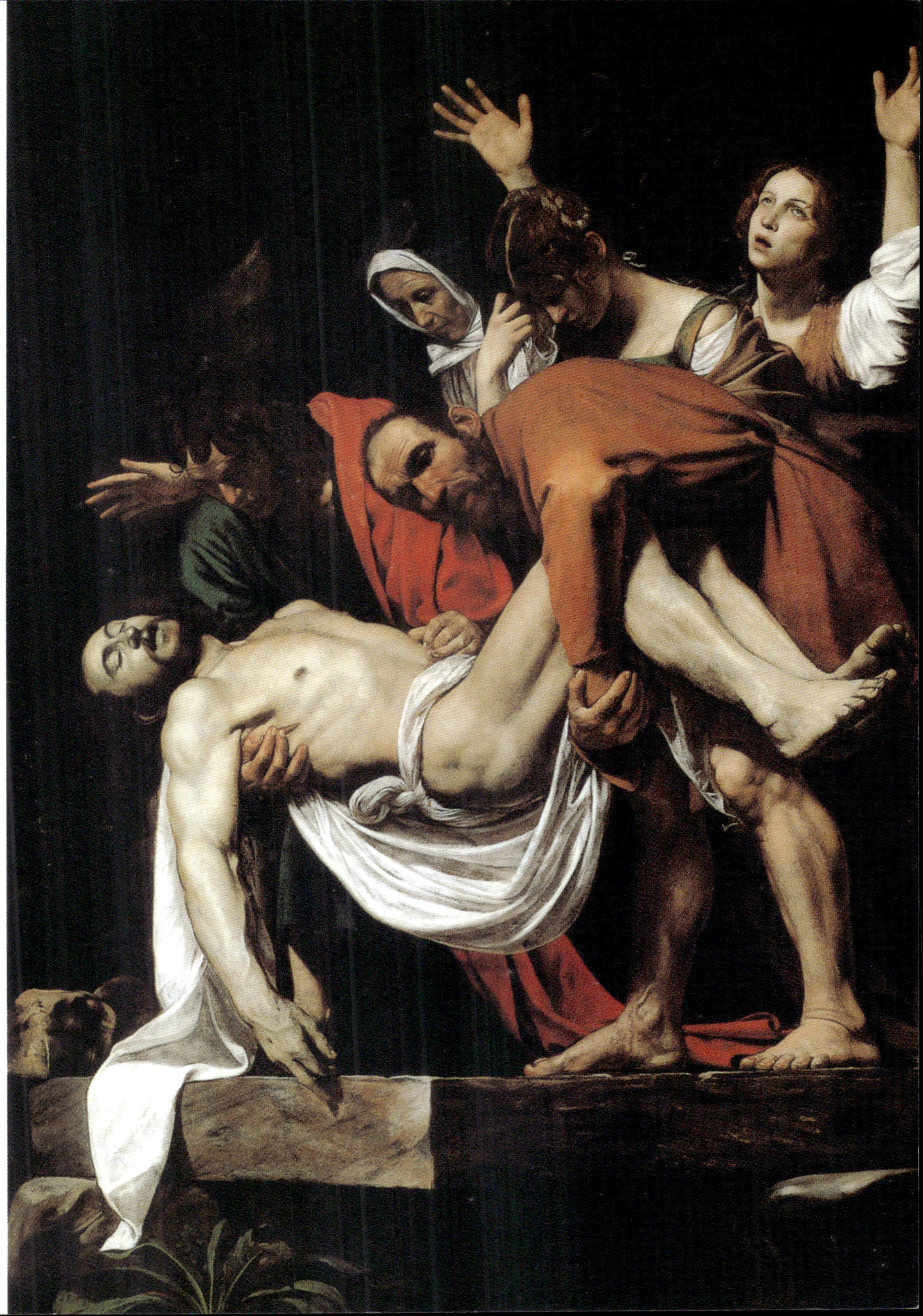

명암 대조법

명암 대조란 글자 그대로 밝고 어두움을 서로 차별나게 한다는 것이에요. 즉 그림 속 인물이나 물체에 비친 빛을 더 밝게 하고 주변이나 배경은 더 어둡게 하여 그림을 그리는 방식이에요. 이 기법은 카라바조가 처음 만들었고 이후에 렘브란트나 벨라스케스 같은 화가에게 영향을 주었다고 해요.

바쿠스

1598년경, 캔버스에 유채, 98×85cm,
우피치 미술관, 이탈리아 피렌체

바쿠스가 발그레한 뺨을 가진 소년으로 묘사되어 있다. 그러나 표정과 눈빛은 소년이라 하기에 어색할 정도로 생기가 없다. 바구니에 담긴 과일도 제빛을 잃고 썩어 있다.

루벤스 1577~1640 | 공방을 운영한 화가

독일에서 태어나 벨기에에서 활동을 한 바로크 시대의 화가이다. 플랑드르(현재의 벨기에) 지역을 중심으로 활동한 화가들 중 최고로 평가된다. 그는 외교관으로서도 큰 성공을 거두어 화가로서는 드물게 부와 명예를 모두 누렸다.

일생 동안 300여 점이 넘는 많은 작품들을 남겼는데, 이는 모두 그가 그린 그림이라기보다는 그의 손을 '거쳐' 간 작품이라고 보는 것이 맞다. 그는 공방을 운영하며 제자들의 작품들 중에서 빼어난 것을 골라 직접 마무리하여 자신의 이름을 달고 세상에 내놓았기 때문이다.

이는 루벤스 자신이 그런 마무리 손질만으로도 명작을 탄생시킬 수 있다는 자부심에 차 있었기 때문에 가능한 일이었다.

마르세유에 도착한 마리 드 메디시스

1621~1625년, 캔버스에 유채, 394×295cm,
루브르 미술관, 프랑스 파리

마리 드 메디시스는 앙리 4세의 부인으로, 루이 13세의 어머니이다.

루벤스는 이 여인의 일생을 〈마리 드 메디시스의 생애〉라는 벽화로 그렸는데, 이 그림들은 파리의 뤽상부르 궁전의 스물한 개의 벽을 장식하고 있다. 그중 이 작품은 그녀가 결혼을 위해 프랑스에 도착하는 장면을 그리고 있다.

〈플랜더스의 개〉와 루벤스

〈플랜더스의 개〉는 1872년에 발표된 영국 작가 위다의 작품으로 누구나 알고 있는 세계 명작이지요. 이 동화 속 주인공 네로는 가난하지만 정직한 소년으로 화가가 되는게 꿈이었어요. 그래서 자신이 살고 있는 동네의 성당에 걸려 있는 루벤스의 그림을 무척 보고 싶어했어요. 하지만 뛰어난 작품이라 돈을 내지 않으면 볼 수가 없었어요. 도둑으로 몰린 어느 추운 겨울 밤 주인공 네로는 소원을 이루었어요. 갈 데가 없던 네로는 성당 안으로 들어갔고 루벤스의 그림을 보게 되었지요. 그리고 다음 날 루벤스의 그림 아래서 사랑하는 개, 파트라슈를 꼭 껴안은 채 숨을 거두었어요.
이 작품의 배경이 된 플랑드르 지방이 바로 화가 루벤스의 고향이지요. 플랜더스는 플랑드르의 영어식 발음이에요.

밀짚모자
1625년, 목판에 유채, 79×54.5cm,
런던 국립 미술관, 영국 런던

이 초상화의 주인공은 루벤스의 두 번째 부인의 언니 수산나라고 전해진다.
수줍은 듯 시선을 살짝 피한 채 옅은 미소를 짓고 있는 모습이다. 그러나 수산나는 밀짚모자가 아닌 털모자를 쓰고 있다.
작품의 제목인 〈밀짚모자〉는 18세기 말에 잘못 붙여진 것이다.

미의 여신들
1640년경, 캔버스에 유채, 221×181cm,
프라도 미술관, 스페인 마드리드

그림 속의 여인들은 모두 풍만한 모습을 하고 있는데, 이것이 루벤스가 이상적으로 생각하였던 여인들의 모습이다.
여신들은 각각 왼쪽과 뒤, 오른쪽을 보여 주고 있는데, 이는 여인들의 몸이 보여 주는 아름다움을 모든 면에서 다 볼 수 있게 하기 위해서이다.

젠틸레스키 1593~1656? | 최초의 여성 화가

화가였던 아버지의 조수로 일하며 일찍부터 그림을 배웠다. 그녀는 10대에 이미 실력을 인정받았을 정도로 재능이 뛰어났다. 열일곱 살에 자신의 스승이었던 아고스티노 타시 때문에 큰 상처를 겪기도 하였다. 그러나 그녀는 이 불행을 이겨 내고 여성 화가로서는 처음으로 역사화와 종교화를 그려 내는 등 화가로 큰 성공을 거두었다. 이는 여성들이 그림에 대한 지식을 배우는 것조차 힘들던 시대에 이루어 낸 일이라 더욱 값지다.

홀로페르네스의 목을 자르는 유디트

1621년, 캔버스에 유채, 158.8×125.5cm,
우피치 미술관, 이탈리아 피렌체

유디트는 자신의 민족을 위해 적장 홀로페르네스를 유혹해서 죽인 유대인 여성이다. 남성 화가들이 유디트를 여리고 아름답게 표현하였던 것과 달리 강인하고 당찬 표정을 한 유디트가 인상적이다. 그림 속의 유디트가 화가 자신의 얼굴을 하고 있는 것은 매우 의미심장하다.

자화상

1630년, 캔버스에 유화, 96.5×73.7cm, 영국 왕실 소장

젠틸레스키는 그림을 그리고 있는 자신의 모습을 자화상으로 남겼다. 화가로서의 자신을 강조하고 있는 모습에서, 여성에 대한 시대적인 편견을 뛰어넘어 당당히 화가가 된 자신에 대한 자부심을 읽을 수 있다.

푸생 1594~1665 | 프랑스 근대 회화의 시조

프랑스 근대 미술의 시작을 알린 프랑스 화가이다. 고대 로마의 문화를 동경하는 마음이 커서 로마에서 오랜 시간을 보내기도 하였다. 이런 이유로 그는 바로크 시대에 활동하면서도 바로크풍의 그림을 그리지 않고 로마와 그리스 시대의 조각과 신화 속 인물들을 소재로 그림을 그렸다. 서른 살이 넘은 1628년에서야 성 베드로 대성당의 제단화를 그려 화가로 명성을 얻기 시작했다. 그의 그림들은 장대하면서도 세련되고 정돈된 느낌으로 유명하다.

성 세실리아

1627년경, 캔버스에 유채, 118×88cm,
프라도 미술관, 스페인 마드리드

그림 속 여인의 주변에서 어린 천사들이 악보를 가지고 놀고 있다. 이를 통해 이 여인이 음악의 수호성인인 '성 세실리아'라는 것을 알 수 있다.

아르카디아의 목자들

1639년경, 캔버스에 유채, 85×121cm, 루브르 미술관, 프랑스 파리

사람들이 살펴보는 묘비에는 '아르카디아(이상향)에도 나는 있다'라고 쓰여 있다. 즉, '낙원에도 죽음은 있다'라는 의미이다. 삶과 죽음 그리고 그 너머에 존재하는 이상향의 존재까지 깊은 생각을 하게 하는 그림이다.

마르스와 비너스

1630년경, 캔버스에 유채, 155×214cm, 보스턴 미술관, 미국 보스턴

사랑의 여신 비너스는 대장장이의 신 불카누스와 결혼했으나 둘의 사이는 원만하지 못했다.
이 작품 속에서 비너스는 전쟁의 신 마르스와 밀회를 즐기고 있다. 서로를 바라보는 두 연인의 눈빛에 사랑이 넘쳐난다.

벨라스케스 1599~1660 | 초상화의 지존

스페인 출신으로, 바로크 시대를 대표하는 화가이다. 어릴 때부터 그림에 남다른 재능을 보인 그는 열 살 때부터 체계적인 교육을 받고 화가로 성장했다. 초상화에 뛰어난 솜씨를 지녀 스페인 왕족의 초상화를 그렸다. 특히 스페인 국왕 펠리페 4세의 총애를 받아 기사단에 봉해지기도 하였다. 초기에는 카라바조의 영향으로 선명한 명암 대비를 나타내는 종교적인 그림들을 그렸으나, 후기에는 서민들의 생활을 따뜻한 시선으로 그려 내어 후대의 인상주의 화가들과 사실주의 화가들에게 많은 영향을 끼쳤다.

시녀들

1656년, 캔버스에 유채, 316×276cm,
프라도 미술관, 스페인 마드리드

어린 공주 마르가리타를 중심으로 한 스페인 국왕 펠리페 4세 가족의 모습이다. 마치 우연히 찍힌 한 장의 사진을 보고 있는 것 같은 작품이다.

거울 앞의 비너스

1648년경, 캔버스에 유채, 122.5×177cm,
런던 국립 미술관, 영국 런던

이 당시 스페인에서는 여성의 누드를 소재로 한 그림이 매우 드물었다. 더구나 현실의 여성을 벗은 모습으로 그린다는 것은 상상할 수도 없었다. 그래서 벨라스케스는 그림 속 여인이 신화 속의 여신임을 알려 주기 위해 에로스를 그려 넣었다.

초상화

초상화란 어느 특정 인물의 얼굴이나 모습을 그린 그림을 말해요. 그중에서 자화상은 자기가 그린 자기 초상화를 말해요.
사진이 없던 시절 초상화는 화가의 중요한 업무 중 하나였어요. 처음에는 왕의 가족이나 권력자들이 많이 그려졌지만 후에는 일반인들도 자신의 초상화를 화가에게 의뢰해 그렸어요.
초상화로 당시의 의상이나 문화를 살펴볼 수 있어요. 초상화는 인물화 중에서도 가장 큰 비중을 차지해요.

붉은 옷의 왕녀 마르가리타

1653년경, 마포에 유채, 128.5×100cm,
빈 미술사 박물관, 오스트리아 빈

마르가리타는 스페인 국왕 펠리페 4세의 딸이다. 궁정 화가이자 펠리페 4세와 친분이 있었던 벨라스케스는 마르가리타 공주를 매우 귀여워했다고 한다.
하얗고 통통한 뺨을 지닌 사랑스러운 공주의 모습을 잘 그려 낸 작품이다.

렘브란트 1606~1669 | 네덜란드의 황금시대를 연 화가

네덜란드 미술의 황금시대를 열었다는 평가를 받는 위대한 화가이다. 신에 대한 진실하고 굳건한 믿음을 바탕으로 한 그의 그림들은 따뜻하고 인간적인 느낌을 주는 것이 특징이다. 1632년 외과 의사 조합의 요청으로 그린 〈툴프 박사의 해부학 강의〉가 좋은 평가를 받으면서 10여 년간 명성을 누렸으나 당시의 관행을 깨고 과감한 시도를 했던 그림 〈야경〉이 혹평을 받으면서 사람들의 기억 속에서 잊혀져 갔다.

그러나 끝내 명성을 회복하지 못하고 지독한 가난 속에서 작품 활동을 했다. 그 와중에도 작품에 대한 열정은 식지 않아 2,500여 점이 넘는 많은 양의 그림들을 남겼다.

에칭 기법을 완성하다

동판이나 아연판으로 오목하게 만들어 거기에 잉크를 발라 찍어 내는 그림을 동판화라고 하지요. 이에 비해 에칭은 동판에 밀랍을 바르고 바늘로 살짝 가늘게 그림을 그려요. 그리고 여기에 산성 용액을 부으면 밀랍이 없는 부분만 부식이 되면서 동판이 파이게 되지요. 그 홈에 잉크를 넣어 종이에 누르면 그림이 찍혀요. 에칭은 동판화보다 섬세한 표현을 할 수 있다는 장점을 갖고 있어요. 렘브란트는 에칭 기법을 완성한 판화가로도 이름이 높아요.

직물 조합의 간부들

1662년, 캔버스에 유채, 191×279cm, 암스테르담 국립 미술관, 네덜란드 암스테르담

이 그림에 등장하는 직물 조합의 간부들은 제3신분으로 불리는 신흥 세력인 부르주아다. 신과 귀족 대신 제3신분인 부르주아를 그린 이 그림에서 당시 네덜란드의 진보적인 모습을 알 수 있다.

예술이냐 돈이냐 그것이 문제로다

당시에 개인 초상화를 제작할 형편이 되지 않는 사람들은 여럿이 돈을 모아 단체 초상화를 주문하곤 하였는데, 〈야경〉이란 초상화 역시 그렇게 그려졌어요.
하지만 초상화를 주문한 사람들은 완성된 이 작품을 보고 실망했어요. 기대만큼 자신들의 모습이 선명하게 그려지지 않았을 뿐 아니라 심지어 돈을 내지 않은 사람들까지 그려져 있었기 때문이에요. 사람들은 렘브란트를 맹렬하게 비난하였고, 이후 그는 서서히 명성을 잃게 됐어요.
하지만 렘브란트의 입장에서는 단지 돈을 주는 사람들의 마음에만 드는 그림이 아닌, 진정한 예술의 표현이었어요.

야경
1642년, 캔버스에 유채, 363×437cm,
암스테르담 국립 미술관, 네덜란드 암스테르담

제목은 '밤의 풍경'이라는 뜻의 〈야경〉이지만, 사실은 낮이 배경인 작품이다. 작품 보호를 위해 칠한 니스 때문에 색이 어두워져 밤이 배경이라는 오해를 산 것이다.

돌아온 탕자

1662년, 캔버스에 유화, 262×205cm,

에르미타슈 박물관, 러시아 상트페테르부르크

'그림이 도달할 수 있는 최고의 경지에 다다른 작품'이라는 찬사를 받는 작품이다. 방탕한 생활을 끝내고 돌아온 아들을 안아 주는 눈먼 아버지에게서 한없는 사랑을 느낄 수 있다.

베르메르 1632~1675 | '북유럽의 모나리자'를 그린 화가

렘브란트와 더불어 네덜란드를 대표하는 화가로 알려져 있다. 그러나 그가 세계적인 화가로 이름이 알려진 것은 19세기 무렵의 일이다. 생전에는 비싼 값에 그림을 팔 정도의 명성을 얻었으나, 죽은 후에는 오랫동안 사람들의 기억 속에서 잊혀졌다.

그의 그림은 다른 화가들의 그림에 비해 다소 소박한 편이다. 그림의 크기도 작고, 남긴 작품의 수도 적으며, 다룬 주제 또한 일상적인 것들이다. 그러나 오히려 이런 그의 작품에서 느껴지는 고요함과 평화로움이야말로 그를 세계적인 화가로 만든 개성이라고 할 수 있다.

편지를 읽고 있는 여인

1663년, 캔버스에 유채, 46.5×39cm,
암스테르담 국립 미술관, 네덜란드 암스테르담

베르메르 그림은 인물들마저도 움직임이 없는 정물처럼 느껴질 정도로 차분하고 고요한 것이 특징이다. 창으로 비쳐드는 빛 속에서 편지를 읽고 있는 여인에게서도 전혀 움직임을 느낄 수 없다. 그러나 그녀가 입은 푸른색의 옷이 화면에 생기를 더해 준다.

진주 귀걸이를 한 소녀

1666년, 캔버스에 유채, 44.5×39cm, 마우리츠호이스 왕립 미술관, 네덜란드 헤이그

'북유럽의 모나리자' 혹은 '네덜란드의 모나리자' 등으로 불리며 사랑 받는 작품이다. 네덜란드가 절대 해외 전시를 허락하지 않는 작품으로도 유명하다.

와토 1684~1721 | 화사한 화풍의 화가

프랑스의 화가로, 그의 그림은 귀족적이면서도 화려하고 화사한 것이 특징이다. 이러한 그의 그림들은 여성적이면서도 섬세하고 아름다운 로코코 시대가 열리는 데 큰 기여를 하였다. 후대의 로코코 화가들에 비해 그의 그림에는 자연의 풍요로움이 담겨 있다. 이것은 그가 자연을 충실히 관찰하고 표현했기 때문에 가능했다. 몸이 약해 늘 고생을 했던 그는 폐병으로 서른일곱 해밖에 살지 못하였지만, 100여 점의 훌륭한 작품들을 남겨 18세기의 유럽 미술에 큰 영향을 미쳤다.

질

1718~1719년, 캔버스에 유채, 185×150cm,
루브르 미술관, 프랑스 파리

이 그림의 크기는 실제 사람의 크기와 거의 비슷하다. 어릿광대인 '질'을 모델로 하여 그린 이 작품은 당대의 지식인들로부터 '인간의 정신을 가장 빛나는 방법으로 묘사한 걸작'이라는 찬사를 받았다.

베네치아풍의 연회
1717년, 캔버스에 유채, 56×46cm,
스코틀랜드 국립 미술관, 영국 에든버러

로코코 시대에는 야외에서 벌어지는 연회를 주제로 그림을 많이 그렸는데, 이런 그림의 주제들을 '페트 갈랑트(전원의 축제)'라고 하였다. 이 그림은 페트 갈랑트를 그린 전형적인 작품으로, 야외에서 벌어지는 귀족들의 우아한 연회가 화사하게 묘사되어 있다.

샤르댕 1699~1779 | 정물화를 사랑한 화가

파리에서 목수의 아들로 태어났다. 그가 활동하던 당시는 사치스럽고 화려한 분위기의 로코코 양식이 유행하고 있었다.
그러나 샤르댕은 유행에 아랑곳하지 않고 일상에서 흔히 볼 수 있는 것들을 소재로 정물화나 서민들의 생활을 담은 소박한 그림들을 성실한 솜씨로 그려 내었다. 이러한 그의 그림들은 정물화를 대단치 않게 여기던 당시의 분위기에도 불구하고 루이 15세의 마음을 사로잡았다.
루이 15세는 샤르댕의 그림을 매우 아껴 그에게 연금을 주기도 하였다. 그만큼 샤르댕의 정물화에는 일상을 뛰어넘는 특별함이 있었던 것이다.

장을 보아 온 여인

1739년, 캔버스에 유채, 47×37.5cm, 루브르 미술관, 프랑스 파리

그림은 색채로 그리는 것이라 장황하게 설명하는 한 화가에게 샤르댕은 이렇게 말했다고 한다.
"누가 그림을 색으로 그린다고 했소? 그림은 느낌으로 그리는 것이오."

계몽주의 미술

계몽주의는 17~18세기에 유럽을 중심으로 나타난 문화 예술 운동이에요. 계몽이란 사람들의 어리석음을 깨우친다는 뜻이에요. 계몽주의 사상가들은 신에 의존하지 않고 인간의 이성을 가지고 적법성을 판단할 수 있으며, 이성은 권위의 요소이자 권위를 판단하는 기준이라고 주장했어요. 또한 계몽주의는 1789년 7월 14일에 일어난 프랑스 혁명의 근본 사상이기도 해요.

미술 분야에서는 귀족들의 사치스러운 생활과 화려함을 표현하는 로코코 미술을 대신해 서민의 생활과 감정을 꾸밈없이 표현했어요. 이것을 계몽주의 미술이라고 해요.

계몽주의 미술의 대표적인 화가로는 샤르댕과 그뢰즈 등이 있어요.

셔틀콕을 가진 소녀

1740년, 캔버스에 유채, 82×66cm, 우피치 미술관, 이탈리아 피렌체

살롱전에 출품해 샤르댕에게 엄청난 영광을 안겨 주었던 작품이다. 머리카락이 흘러내리지 않도록 쓴 두건과 앞치마가 소녀가 하녀임을 나타내고 있다.

부셰 1703~1770 | 유행을 잘 아는 화가

로코코 시대를 대표하는 프랑스의 화가이다. 그는 재능이나 작품이 뛰어났다기보다는 시대의 유행에 맞는 그림들을 잘 그려 낸 화가였다. 주로 귀족의 사치스러운 취미에 맞춘 화려한 작품들을 내놓아 인기를 끌었던 것이다.

특히 당시 사교계의 중심인물이었던 퐁파두르 부인이 그의 그림을 매우 좋아하였다. 비싼 값에 그림을 팔고 그 돈으로 사치를 누리던 그는 프랑스 혁명이 일어난 후 성난 민중들에게 큰 비난을 받기도 하였다. 말년에는 돈을 벌기 위해 지나치게 많은 그림들을 그리게 되면서 작품의 질이 떨어져 명성을 잃는 비참함을 겪었다.

비너스의 화장

1751년경, 캔버스에 유채, 108×85cm,
메트로폴리탄 미술관, 미국 뉴욕

이 그림 속의 비너스에게서는 여신의 신성함을 느낄 수 없다. 오히려 화려하게 치장하며 아름다움을 추구하는 세속적인 여인의 모습이 느껴진다.

목욕 후에 쉬는 다이아나

1742년, 캔버스에 유채, 57×73cm, 루브르 미술관, 프랑스 파리

사냥을 마친 수렵의 여신 다이아나와 그녀를 따르는 님프 칼립스토가 목욕하는 장면을 그리고 있다. 방금 사냥을 한 듯 죽은 새들과 화살집 등이 바닥에 널려 있다. 부셰의 작품 중에서 가장 훌륭하다고 평가되는 작품이다.

고야 1746~1828 | 시대의 비극을 그린 화가

스페인 출신으로, 낭만주의의 대표적인 화가이자 판화가이다. 한때는 자유분방한 성격과 방탕함 때문에 여러 사건과 사고에 휘말리기도 했다. 고야가 활동한 당시 스페인 민중들은 나라를 제대로 다스리지 못하는 스페인 왕실에 불만이 컸고 고야도 마찬가지였다. 그 와중에 프랑스 군대가 쳐들어와 나라를 짓밟는 일이 생겨났다. 이 모든 것들은 그의 예술 세계를 크게 변화시켰다.

막대기를 들고 싸우는 사람들

1819~1823년, 벽화를 캔버스에 옮겨 그림, 123×266cm, 프라도 미술관, 스페인 마드리드

늪에 다리가 빠지는 것도 모른 채 싸우고 있는 두 남자의 모습을 그렸다.
정신없이 싸우는 남자들과 빠르게 흘러가는 구름의 모습을 거칠게 그려 냈다. 전체적으로 불안한 기운이 감돌고 있다.

옷을 입은 마하
1805년, 캔버스에 유채, 95×190cm, 프라도 미술관, 스페인 마드리드

옷을 벗은 마하
1797년경, 캔버스에 유채, 97×190cm,
프라도 미술관, 스페인 마드리드

같은 자세를 취한 같은 모델을 옷을 입은 모습과 벗은 모습 두 가지로 나누어 그렸다. 이는 세계 미술사를 통틀어 보아도 매우 드문 일이다.

〈옷을 벗은 마하〉의 주인공을 찾아라!

고야는 알바 공작 부인을 평생 사랑했다고 해요. 그래서 사람들은 〈옷을 입은 마하〉와 〈옷을 벗은 마하〉 그림의 주인공은 알바 공작 부인일 거라고 생각했어요. 알바 공작 부인의 후손들은 이 사실을 몹시 부끄럽게 생각했어요. 왜냐하면 귀한 신분의 부인이 화가 앞에서 벌거벗고 포즈를 취했다는 사실을 받아들일 수 없었던 거예요. 그래서 알바 공작 부인이 아니라는 것을 증명하기 위해서 후손들은 그녀의 무덤을 파헤쳐 직접 대조까지 했어요. 하지만 속 시원히 밝혀진 것은 아무것도 없다고 하네요. 그림 속 모델이 누구인지는 고야만 알고 있겠지요..

〈1808년 5월 3일〉은 어떻게 탄생했을까?

〈1808년 5월 3일〉은 프랑스 군대가 스페인 민중을 학살하는 모습을 그린 그림이에요. 1808년, 프랑스의 나폴레옹 군대가 스페인을 침공했어요. 스페인 민중은 나폴레옹 군대를 몰아내기 위해 들고일어났어요. 이 충돌로 수많은 사람이 죽고 다쳤어요.
훗날 민중 덕분에 나라를 되찾고 왕위에 오른 페르난도 7세는 1808년의 사건을 잊지 않기 위해 그림으로 남기기로 했어요. 이 일을 맡은 고야는 이날의 사건을 〈1808년 5월 2일〉과 〈1808년 5월 3일〉이라는 두 작품으로 남겼어요.

1808년 5월 3일

1814년, 캔버스에 유채, 268×347cm, 프라도 미술관, 스페인 마드리드

1808년, 나폴레옹이 이끄는 프랑스 군대가 스페인을 침공해 사람들을 무자비하게 학살하였다. 그 현장의 공포와 잔인함이 생생하게 묘사되어 있는 이 작품은, 이후 스페인에 위기가 닥칠 때마다 국민을 일깨우고 단결하게 하는 역할을 하고 있다.

다비드 1748~1825 | 나폴레옹을 사랑한 화가

프랑스 출신의 화가이다. 로코코 시대의 섬세함과 화려함을 벗어나 엄격하면서도 남성적인 분위기의 신고전주의를 이끈 대표적인 화가라 할 수 있다. 프랑스 혁명을 열렬히 지지했던 다비드는 나폴레옹의 초상화를 그려 그에게 바치기도 했다.
다비드의 그림에 묘사된 자신의 모습이 너무나 마음에 들었던 나폴레옹은 그를 '프랑스 최고의 화가'라 칭송했고, 다비드는 나폴레옹이 집권하던 시기 내내 엄청난 권력을 행사할 수 있었다. 그러나 나폴레옹이 물러난 후에는 그 자신도 쫓겨나듯 벨기에로 건너가 그곳에서 생을 마쳤다.

마라의 죽음

1793년, 캔버스에 유채, 165×128cm, 브뤼셀 왕립 미술관, 벨기에 브뤼셀

마라는 프랑스 혁명의 지도자 중 한 사람이다. 그는 피부병 때문에 유황물로 목욕하면서 일을 할 때가 많았다. 그림은 마라가 욕실에서 습격을 받고 죽은 모습이지만 실제로 마라는 침실에서 죽었다. 다비드는 그가 최후의 순간까지 민중을 위해 일하다 간 것처럼 묘사하기 위해 욕실에서 죽음을 맞이한 것으로 그렸다.
잉크병이 놓인 나무 상자에 '마라에게, 다비드가 바친다'라는 글만이 외로운 비문처럼 적혀 있다.

레카미에 부인의 초상

1800년, 캔버스에 유채, 173×243cm, 루브르 미술관, 프랑스 파리

레카미에는 나폴레옹 시대에 사교계를 뒤흔든 최고의 미녀였다. 다비드는 그녀의 고전적인 아름다움을 드러내기 위해 오랜 시간 노력하였으나 변덕스런 그녀는 그 시간을 견뎌 내지 못하였다. 결국 이 초상화는 미완성작이 되고 말았다. 하지만 평론가들은 다비드의 작품 중 이 그림을 오늘날의 감각에 가장 잘 들어맞는 그림이라고 평한다.

알프스를 넘는 나폴레옹

1801년, 캔버스에 유채, 259×221cm, 나폴레옹 국립 박물관, 프랑스 말메종

나폴레옹이 전쟁에서 알프스 산맥을 넘을 때 백마를 타고 앞장선 모습을 그리고 있다. 용감하고 당당한 영웅의 모습을 잘 나타낸 작품이다.

나폴레옹은 겁쟁이

보기에는 멋있지만 알프스와 같이 눈 덮인 높고 험한 산을 말이 넘기에는 불가능하다고 해요. 그래서 나폴레옹은 말이 아니라 당나귀를 타고 알프스를 넘었대요.
그러면 나폴레옹은 당나귀를 타고 군대를 이끌었을까요? 사실은 그것도 아니에요. 군대를 앞서 보내고 안전하다는 것을 확인하고서야 당나귀를 타고 뒤따라갔다고 해요. 그리고 나폴레옹의 당나귀는 그곳 지리를 잘 아는 지역 주민이 고삐를 잡아 끌어 주었다고 해요.

터너 1775~1851 | 수채화에 뛰어난 화가

영국 출신의 화가로 열다섯 살에 수채화 전시회를 열 정도로 재능이 뛰어났다. 17세기에 네덜란드 화가들이 그린 풍경화에서 영향을 받아, 주로 풍경을 소재로 그림을 그렸다. 특히 알프스의 풍경에 크게 감동을 받아 자연의 아름다움을 보다 정확하게 표현하기 위해 많은 노력을 기울였다. 폭풍우를 제대로 보고자 배의 갑판 기둥에 자신의 몸을 묶은 채 성난 바다를 관찰하기도 했다. 그는 사물과 풍경을 단순히 묘사하려 하지 않고 빛과 색으로 바꾸어 보려 하였다. 말년에는 비와 증기를 표현하기 위해 고심하였다.

비·증기·속력

1844년, 캔버스에 유채, 91×122cm,
런던 국립 미술관, 영국 런던

대부분의 예술가들이 기계 문명에 강한 거부감을 보이던 시절에 터너는 최초로 증기 기관차를 그림에 담았다. 실제로 달리는 기차 안에서 본 것처럼 윤곽이 뭉개지고 흐려진 사물의 모습을 잘 표현하고 있다.

눈보라

1844년경, 캔버스에 유채, 144.7×236cm,

테이트 미술관, 영국 런던

눈보라가 치는 날 한 치 앞을 내다보기 힘든 풍경을 생생하게 묘사했다.
사물의 모습을 정확히 묘사한 그림보다 흐릿하게 그려진 눈보라의 느낌이 더욱 사실적으로 느껴진다.

앵그르 1780~1867 | 신고전주의를 이끈 화가

프랑스의 화가로, 다비드의 뒤를 이어 19세기 프랑스의 신고전주의 시대를 이끈 인물이다. 다비드의 제자였던 앵그르는 역사화에서는 스승의 영향을 많이 받았지만, 인물화에서는 그만의 뚜렷한 개성을 드러내고 있다. 한때 프랑스를 떠나 이탈리아에 머물면서 고대 그리스 시대의 조각상들과 르네상스 시대의 그림들, 특히 라파엘로의 그림을 많이 연구하였다. 그의 그림 속 인물들이 마치 그리스의 조각상을 보는 듯한 느낌을 주는 것은 이러한 이유 때문이다.

레오나르도의 죽음

1818년, 캔버스에 유채, 40×50.5cm, 루브르 미술관, 프랑스 파리

르네상스 시대의 거장 레오나르도 다빈치의 죽음을 묘사한 작품으로, 스승인 다비드의 영향을 받아 엄격함이 돋보이는 작품이다.

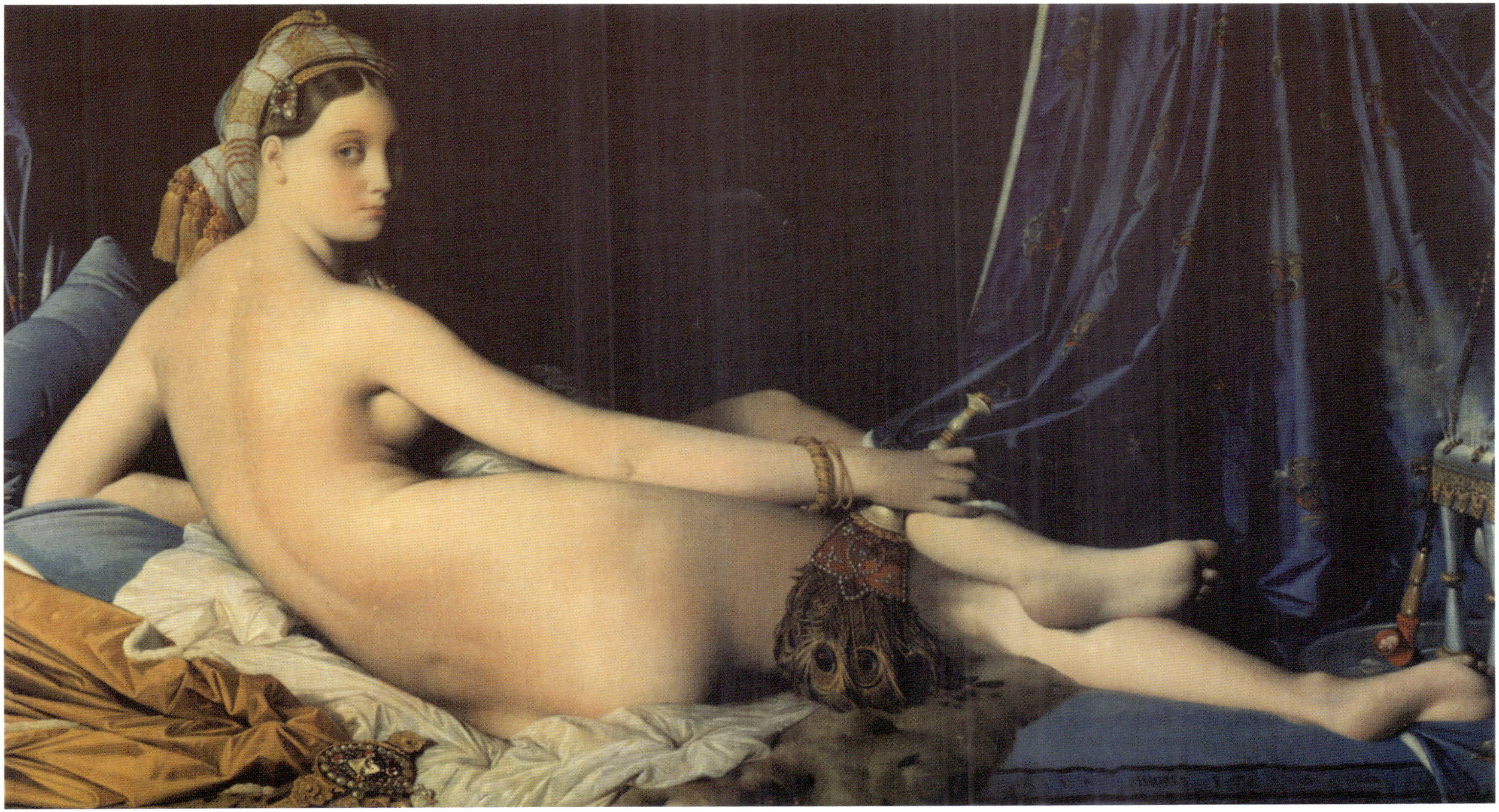

그랑 오달리스크

1814년, 캔버스에 유채, 91×162cm, 루브르 미술관, 프랑스 파리

그림의 제목 '그랑 오달리스크'란 터키 황제의 시중을 들던 하녀를 뜻한다. 허리를 정상인보다 길게 묘사해 관능적인 아름다움을 더한 작품이다. 그러나 당시는 인체를 황금 비율로 묘사하는 것만이 옳다고 여기던 때라서 이 작품은 '허리뼈가 정상인보다 세 개나 더 있다'는 놀림을 받기도 하였다.

신고전주의 미술

18세기 말 무렵에 일어난 신고전주의는 프랑스에서 그 꽃을 피워요. 신고전주의는 프랑스 혁명을 전후해 나타났고 나폴레옹이 프랑스를 통치하던 시절을 대표하는 미술 흐름이에요.
여기서 고전이란 바로 그리스·로마의 문화와 예술을 말하는 것이에요. 그래서 신고전주의는 단순하고 품위 있으면서도 조화와 균형을 추구했던 고대 그리스·로마 미술을 다시 따르고자 하는 경향을 말해요.

샘

1820~1856년, 캔버스에 유채, 163×80cm,
오르세 미술관, 프랑스 파리

무려 36년에 걸쳐 완성한 작품이다. 마치 고대 그리스의 조각상을 보는 듯한 자세와 인체 비례를 통해 앵그르가 고대 그리스의 문화에서 많은 영향을 받았음을 알 수 있다. 신고전주의의 특징을 잘 보여 주는 작품이다.

터키 목욕탕

1862년, 캔버스에 유채, 108×110cm,
루브르 미술관, 프랑스 파리

둥근 모양의 캔버스에 그려진 특이한 작품이다. 앵그르의 그림 속 여인들은 대체로 그리스의 대리석 조각 같은 느낌을 많이 주는데, 이 작품 속 여인들은 그와 달리 현실 속 인물들 같은 생생함과 생동감을 보여 주고 있다.

제리코 1791~1824 | 석판화를 예술의 경지로 이끈 화가

낭만주의 미술의 시작을 알린 프랑스 화가이다. 비록 젊은 나이에 세상을 떠났으나 그의 그림에 감명을 받은 들라크루아 등의 화가들이 뒤를 이어 낭만주의를 꽃피웠다. 루벤스를 매우 존경하여 그에게서 많은 영향을 받았으며, 미켈란젤로의 작품과 고대 그리스와 르네상스 시대의 작품들에서도 역시 큰 영향을 받았다.

승마를 좋아해서 달리는 말의 역동적인 모습을 그린 작품들을 많이 남겼다. 특히 석판화를 예술의 경지로 끌어올린 것으로 이름이 높고 사회적인 문제를 그림으로 표현하였다. 사람들의 광기 어린 얼굴에도 흥미를 보여 그들의 내면을 드러내는 초상화도 10여 점을 남겼다.

메두사호의 뗏목

1819년, 캔버스에 유채, 491×716cm,
루브르 미술관, 프랑스 파리

프랑스의 선박이 세네갈에서 침몰하여 149명의 승선자 중 15명만이 열흘이 넘도록 표류하다 살아남았던 실제 사건을 바탕으로 하고 있다.

제리코는 실제 상황을 잘 이해하기 위해 생존자의 증언을 토대로 그들이 탔던 뗏목을 제작하기도 하고 시체를 직접 관찰하기도 했다.

석판화

석판화는 물과 기름이 섞이지 않는 원리를 이용한 그림이에요. 석판에 유성 크레용이나 유성 잉크로 그림을 그려요. 그리고 판 위에 물을 적시면 그림을 그리지 않는 부분에만 물이 묻어요. 이때 유성 잉크를 판 위에 바르고 종이를 덮어 찍으면 잉크가 그림에만 붙어 석판화가 완성되지요. 원래 석판화는 석회석을 썼지만 요즘은 알루미늄이나 아연 판을 주로 써요.

미친 여자

1822년경, 캔버스에 유채, 72×58cm,
리옹 미술관, 프랑스 리옹

제리코는 미친 사람을 그린 작품도 여러 점 남겼다. 그중 이 그림이 가장 뛰어난 작품으로 평가된다. 뭔가에 쫓기는 듯한 여인의 불안한 느낌이 잘 표현되어 있다. 초상화의 새로운 영역을 개척했다는 평가를 받는 작품이다.

들라크루아 1798~1863 | 낭만주의를 꽃피운 화가

고전파 화가인 게렝에게서 그림을 배운 프랑스의 화가이다. 어릴 때부터 루브르 미술관을 드나들며 예술적인 감각을 길렀다. 낭만주의 미술의 시작을 알린 제리코에게서 큰 영향을 받아 그 뒤를 이어 낭만주의를 꽃피웠다.

외교 사절단을 따라 모로코, 알제리, 북아메리카 등을 여행했고 이 여행은 그의 그림에도 결정적인 영향을 미쳤다. 강렬한 느낌을 풍기는 그림들 때문에 한때 '그림의 학살자'라는 비난을 받기도 했지만, 시인 보들레르는 그를 당대의 가장 중요한 화가라 부르며 칭송했다. 왕성한 작품 활동으로 많은 양의 작품들을 남겼다.

알제의 여인들

1834년, 캔버스에 유채, 180×229cm, 루브르 미술관, 프랑스 파리

들라크루아는 모로코 여행에서 돌아오는 길에 알제에 들렀다. 이곳의 풍경은 자신만의 빛과 색을 발견하는 데 큰 역할을 하였다. 강렬한 햇빛 아래 선명한 원색들이 넘치는 풍경이 그에게 큰 감명을 주었던 것이다.

낭만주의 미술

19세기 전반에 일어난 낭만주의는 합리성과 이성, 조화와 균형을 중요시하는 고전주의적 경향에 반대해서 일어난 문화 예술 운동이에요. 낭만주의는 신고전주의와는 달리 개인의 감정을 소중히 여겼어요. 그래서 인간 내면에 있는 기쁨과 슬픔, 사랑과 미움, 죽음의 고통 등을 솔직하게 그림으로 표현하고자 하는 미술 흐름이에요.

키오스 섬의 학살

1847년, 캔버스에 유채, 419×354cm,
루브르 미술관, 프랑스 파리

1822년은 그리스가 터키에 대항해 독립 전쟁을 벌이고 있을 때였다. 터키군이 그리스의 키오스 섬을 습격해 민중들을 무자비하게 학살하는 사건이 일어났다. 들라크루아는 그림을 통해 이러한 참혹한 사태를 모른 척하고 넘어가서는 안 된다는 메시지를 전하고 있다.

민중을 이끄는 자유의 여신

1830년, 캔버스에 유채, 260×325cm, 루브르 미술관, 프랑스 파리

1830년 프랑스에서 일어난 7월 혁명을 표현한 작품으로 들끓는 민중의 열기가 고스란히 느껴진다. 프랑스인들은 그림 속 여신이 프랑스의 자유, 평등, 박애를 상징한다고 여겨 '마리안'이라는 이름을 붙이고 애정을 쏟았다.

밀레 1814~1875 | 농민 생활을 사랑한 화가

프랑스의 화가로, 서정적이고 따뜻한 느낌을 주는 그림으로 많은 사랑을 받고 있다. 1849년 파리 근처의 시골 마을 바르비종으로 이사해서 그곳에서 직접 농사를 짓기도 했다.
당시 바르비종에는 밀레 외에도 자연을 그리고자 하는 화가들이 많이 모여들었는데, 이 화가들을 가리켜 '바르비종파'라고 한다. 밀레는 이 바르비종파의 대표적인 화가이다. 한때는 침대를 팔아야 할 정도로 가난했고, 평생 두통으로 고생하기도 했지만 말년에는 대가로 인정을 받았다.

〈저녁종〉이 달라진 이유

처음 이 작품에는 아래에 놓인 바구니에 죽은 아기가 그려져 있었다고 해요. 밀레는 가난한 부부가 죽은 아기를 위해 기도를 하는 모습을 그렸어요. 그러나 그림이 너무 우울한 것을 염려한 친구의 충고로 밀레는 아기 대신 감자를 그려 넣었어요.

저녁종
1859년, 캔버스에 유채, 55.5×66cm,
오르세 미술관, 프랑스 파리

농사를 짓는 젊은 부부가 하루 일을 마치고 감사 기도를 올리는 모습이다. 붉은 저녁 노을과 부부의 경건한 모습이 보는 이들을 숙연하게 한다. 저 멀리 보이는 성당에서 저녁종이 울리고 있는 듯하다. 오늘날 평화로운 농촌의 모습을 묘사한 그림으로 유명하다.

이삭 줍기

1857년, 캔버스에 유채, 83.5×111cm, 루브르 미술관, 프랑스 파리

농촌 풍경을 즐겨 그렸던 밀레는 종종 파리 화가들의 비웃음을 사기도 하였다. 그러나 그는 아랑곳하지 않고 이렇게 말했다.
"나는 농부로 태어났고, 영원히 농부로 남을 것이다.
왜 감자를 키우는 일이 고귀하지 않다는 말인가?"

바르비종파

19세기 중반 주로 자연과 농촌 풍경을 그린 프랑스 화가들을 말해요. 바르비종파란 명칭은 1830년경부터 파리 교외에 있던 작은 마을 이름에서 유래되었어요. 즉 바르비종이란 마을 이름인 것이지요.
이들은 이 마을에 머물면서 주로 농촌의 모습과 풍경 등을 주요 작품으로 남겼어요.
또 그림은 작업실이 아닌 그림의 대상이 있는 풍경의 현장을 중요하게 여겼어요. 주요 화가로는 밀레와 도비니 등이 있어요.

양 치는 소녀

1869~1871년, 캔버스에 유채, 162.6×112.4cm, 보스턴 미술관, 미국 보스턴

바위 위에 앉아 마른 풀을 들고 있는 소녀를 그린 작품이다.
소녀의 등 뒤로 펼쳐진 황금빛 들판이 평화로우면서도 풍요로운 느낌을 준다. 양을 치는 소녀를 통해 노동의 미덕을 느낄 수 있다.

쿠르베 1819~1877 | 사실주의를 이끈 화가

19세기 프랑스 사실주의의 대표적인 화가이다. 당시 유행하던 신고전주의와 낭만주의를 따르지 않고 지극히 사실적인 분위기의 그림을 그렸다. 이러한 그의 그림들은 큰 화제를 불러일으켰으나, 일부에서는 단순히 사실을 그림으로 옮긴 것에 불과하다는 혹평을 하기도 했다.
그러나 쿠르베는 화가로서의 자신에게 굉장한 자부심과 믿음을 가지고 있었다. 1855년에 열린 파리 만국 박람회에 내놓은 작품 〈화가의 아틀리에〉가 그림의 크기 때문에 출품을 거부당하자, 자신의 집 입구에 '사실주의'라는 간판을 내걸고 40여 점에 이르는 작품들을 직접 전시할 정도였다.

오르낭의 매장

1849년, 캔버스에 유채, 311×668cm, 오르세 미술관, 프랑스 파리

쿠르베가 고향 오르낭에서 직접 본 친척의 매장 과정을 사실적으로 그린 작품이다. 이 작품은 엄청난 크기를 자랑한다. 유명하지도 않은 보통 사람이 등장하는 그림을 이렇게 크게 그린 것은 당시로서는 매우 드문 일이었다고 한다.
이를 통해 쿠르베는 보통 사람들의 삶과 죽음도 왕이나 귀족, 성직자들 못지않게 가치가 있다는 것을 말하고 있다.

화가의 아틀리에

1855년, 캔버스에 유채, 361×598cm, 오르세 미술관, 프랑스 파리

쿠르베는 이 그림을 통해 자신을 둘러싼 현실을 표현하고 있다. 가운데 그려진 화가 자신을 기준으로 오른쪽에 있는 사람들은 동료 화가와 친구, 후원자들이고 왼쪽에 있는 사람들은 세상에 존재하는 다양한 유형의 사람들이라고 한다. 그리고 그림 가운데 옷을 벗고 선 모델은 '진실'을, 화가를 바라보는 아이는 '창조'를 의미한다.

사실주의 미술

사실주의는 리얼리즘이라고도 하지요. 19세기 후반에 과학과 객관적 사실을 중요시하는 경향을 가진 문화 예술 흐름이에요. 미술에서는 실제로 보고 경험한 것을 그림으로 나타내는 것이 사실주의의 핵심이에요. 그래서 화가의 감정이나 생각, 상상력보다는 사물을 직접 관찰해서 있는 그대로 표현하는 것을 중요시하게 되지요. 한마디로 낭만주의에 반대되는 문화 예술 경향이라고 볼 수 있어요.

피사로 1830~1903 | 화가로 성공한 섬 소년

서인도 제도의 세인트토머스 섬에서 태어난 인상파 화가이다. 어릴 때부터 화가를 꿈꾸었던 그는 파리로 건너가 꿈을 이루었다. 그는 매우 성실한 성품으로 유명했는데, 파리에서 열리는 모든 인상파 화가들의 전시회에 참여할 정도였다.

그의 초기 작품들은 몇몇 평론가들에게서는 좋은 평가를 받았지만, 일반 사람들에게서는 큰 인기를 얻지 못하였다. 하지만 세잔과 고흐 등은 그를 스승으로 여기고 존경하였다. 만년에는 눈이 나빠져 야외에서 그림을 그릴 수가 없게 되었다. 하지만 창 너머로 풍경들을 바라보며 꾸준히 그림을 그렸다.

붉은 지붕

1877년, 캔버스에 유채, 54.5×65.6cm,
오르세 미술관, 프랑스 파리

피사로가 초창기에 그린 걸작이다. 집들이 옹기종기 모인 마을을 그리고 있지만, 이 그림에서 중요한 것은 '마을'이라는 대상이 아니라 '색'이다. 그래서 집의 구체적인 형태는 두드러지지 않는다.

대신 지붕의 붉은색, 잎을 떨군 나무들의 색, 군데군데 드러난 땅의 흙빛 등이 조화롭게 표현되어 있다.

파리의 르 아브르 광장

1893년, 캔버스에 유채, 60.1×73.5cm, 시카고 현대 미술관, 미국 시카고

인상파 화가들은 자연의 햇빛 아래서 그림을 그렸다. 그러나 노년의 피사로는 시력이 나빠져 더 이상 바깥에서 그림을 그릴 수가 없었다. 그래서 파리의 호텔에 머물면서 창밖으로 보이는 풍경들을 그렸다. 피사로는 나이가 들수록 자연을 찾아 도시를 떠나던 많은 화가들과 달리 오히려 도시의 활기 속에서 삶의 의미를 찾았던 것이다.

마네 1832~1883 | 인상주의의 아버지

파리 출신의 프랑스 화가이다. 그는 사실주의 화가이면서 동시에 '인상주의의 아버지'라고 불린다. 도시적인 세련된 감각으로 자신의 주변을 둘러싼 활기찬 현실을 예민하게 표현하는 데 매우 뛰어났다. 초기의 작품들은 그다지 사람들의 시선을 끌지 못하였으나, 후에는 프랑스 최고의 훈장인 레지옹 도뇌르 훈장을 받는 등 명성이 높아졌다. 나이 들어서는 류머티즘으로 고생하면서 붓을 들 힘이 없어 주로 파스텔을 사용하여 그림을 그렸다. '나는 본 대로 그린다'라는 말에서 다른 사람들을 의식하지 않고 자신만의 그림을 그리고자 하는 의지를 느낄 수 있다.

풀밭 위의 점심

1863년, 캔버스에 유채, 208×264.5cm,
오르세 미술관, 프랑스 파리

마네의 대표적인 작품 중 하나이다. 이 그림이 처음 발표되었을 때 파리의 사람들은 깜짝 놀랐다고 한다. 당시에는 현실의 여인이 나체로 등장하는 그림은 상상할 수도 없었기 때문이었다.

폴리 베르제르의 술집

1881~1882년, 캔버스에 유채, 96×130cm, 런던 대학 커톨드 미술관, 영국 런던

마네 말년의 가장 유명한 작품으로, 우울한 종업원 여인과 술집의 화려한 분위기가 대조를 이루고 있다. 종업원의 뒤에는 뒷모습만 보이는 여인과 남자가 그려져 있다. 자세히 보면 이 둘은 거울에 비친 인물이라는 것을 알 수 있다. 왼쪽 모퉁이에 서커스 단원의 다리만 그려 놓은 것 또한 매우 재미있다.

레지옹 도뇌르 훈장

프랑스에서 가장 명예로운 훈장이에요. 이 훈장은 1802년 나폴레옹 1세가 제정하여 오늘날까지 이어오고 있어요. 공적에 대한 표창이라기보다는 영예로운 신분을 인정해 주는 성격이 강해요. 마네뿐만 아니라 밀레 역시 이 훈장을 받았어요.

피리 부는 소년
1866년, 캔버스에 유채, 161×97cm,
오르세 미술관, 프랑스 파리

단순한 구도와 색채, 소년을 둘러싼 검은 선 때문에 마치 배경 위에 인물 그림을 오려 붙인 듯이 보인다. 하지만 소년의 발치에 그려 넣은 음영 덕분에 그림의 입체감이 살아나고 있다.

드가 1834~1917 | 발레리나를 사랑한 화가

프랑스의 부유한 은행가 집안에서 태어났다. 그는 인체의 자연스러운 움직임을 잘 표현하는 화가로 유명하며, 주로 파스텔을 사용하여 발레리나들의 우아한 몸짓을 많이 그렸다. 마네와 자주 어울리면서 인상파 화가들과도 교류하며 서로 영향을 주고받았다. 평생을 결혼하지 않고 고독하게 살며 예술혼을 불태운 그는 말년에는 시력이 나빠져서 그림을 그릴 수가 없었다. 그러나 끝까지 예술을 포기하지 않고 그림 대신 조각을 택하여 많은 작품들을 남겼다.

다리미질 하는 여인

1884~1886년, 캔버스에 유채, 76×82cm,
오르세 미술관, 프랑스 파리

드가는 후반기에 접어들면서 우아한 무희들에게서 벗어나 소박한 서민들의 모습을 그림에 담기 시작했다.
후에 피카소는 이 그림을 보고 영감을 얻어 〈다리미질 하는 여인〉이라는 같은 제목의 그림을 그리기도 하였다.

무대 위의 무희

1876~1877년, 종이에 파스텔, 58×42cm, 루브르 미술관, 프랑스 파리

아라베스크의 끝남

1877년, 종이에 파스텔, 67×38cm, 루브르 미술관, 프랑스 파리

드가는 춤추는 여인들의 우아한 몸짓을 그림으로 즐겨 표현하였다. 이 그림도 배경이나 구도보다는 발레리나의 아름다운 자세 자체에 초점을 맞추었다. '아라베스크'는 발레리나의 몸이 가장 아름답게 보이는 동작 중 하나이다.

무대 위에서의 발레 연습

1874년, 캔버스에 불투명 수채, 65×81cm, 오르세 미술관, 프랑스 파리

꽃다발을 들고 인사하는 무희

1878년, 종이에 파스텔, 72×77.5cm, 루브르 미술관, 프랑스 파리

압생트
1876년경, 캔버스에 유채, 92×68cm, 오르세 미술관, 프랑스 파리

'압생트'는 당시 파리에서 사회적 문제가 될 정도로 악명이 높았던 독한 술이다. 그 술을 앞에 둔 여인의 생기 없는 표정에서 삶의 고단함이 느껴진다. 인물들의 모습을 더 잘 보여 주기 위해 테이블의 다리를 과감하게 생략한 것이 인상적이다.

너무나 치명적인 예술가의 술 '압생트'

'압생트'는 1850년 무렵부터 파리에서 유행하기 시작한 술이에요.

값이 싸고 빨리 취하는 이 술의 매력에 빠진 예술가들이 무척 많았어요. 고흐, 피카소, 헤밍웨이 등등 많은 예술가들이 이 술을 즐겼지요. 그래서 압생트는 별명도 굉장히 많아요. 독특한 녹색 병 때문에 '녹색 요정', '에메랄드 지옥' 등으로 불리기도 했고, 헤밍웨이는 '오후의 죽음'이라는 이름으로 부르기도 했어요.

마시는 방법도 독특해요. 술병 입구에 구멍이 뚫린 숟가락을 올려놓고 그 위에 각설탕 하나를 얹어요. 그리고 그 위에 차가운 물을 한 방울씩 떨어뜨려 설탕이 술에 스며들게 하는 거지요.

그런데 이 술은 너무 독하고 위험한 성분들이 들어 있어서 여러 가지 문제들을 일으켰다고 해요. 어떤 이는 고흐가 자신의 귀를 자른 것도, 자살을 한 것도 바로 이 압생트에 취해서였다고 해요.

세잔 1839~1906 | 근대 미술의 아버지

인상파 화가로 당대 최고의 소설가였던 에밀 졸라와 친하게 지내며 많은 영향을 받았다. 그가 초기에 그린 그림들은 인상파적인 느낌이 강하지만, 차차 대상과 구도를 단순화시킨 그림을 그려 내며 자신만의 개성적인 그림 세계를 완성해 나갔다.

그는 '자연의 모습은 구형, 원통형, 원추형으로 나눌 수 있다'라고 말할 만큼 사물을 지극히 단순화시켜 보았으며, 이러한 세잔의 예술관을 이어받은 사람들이 바로 피카소를 비롯한 입체파이다. 뒤이어 등장한 야수파에도 큰 영향을 미쳤다. 그래서 '근대 미술의 아버지'로 불린다.

사과 바구니가 있는 정물

1890~1894년, 캔버스에 유채, 65.5×81.3cm, 시카고 현대 미술관, 미국 시카고

세잔과 같은 시대를 살았던 화가 모리스 드니는 이렇게 말했다. "세상에는 세 개의 유명한 사과가 있다. 첫째는 이브의 사과, 둘째는 뉴턴의 사과, 세 번째는 세잔의 사과다."

세잔 스스로도 사과로 파리를 정복하겠다고 했을 만큼 그의 정물화에서 사과는 매우 중요한 소재이다. 그가 추구했던 명료함과 간결함, 밝은 색채 등을 가장 잘 표현할 수 있는 소재가 바로 사과였던 것이다.

카드놀이 하는 사람들

1890~1895년경, 캔버스에 유채, 47.5×57cm, 오르세 미술관, 프랑스 파리

카드놀이를 하고 있는 사람들의 모습에서 움직임을 전혀 느낄 수 없다. 마치 고요한 정물처럼 인물들을 표현한 것이다. 명암도 넣지 않았고 원근법도 무시했다. 오로지 색으로만 대상을 표현한 것이다. 세잔의 독특한 개성이 잘 드러난 작품이다.

죽마고우 세잔과 에밀 졸라

에밀 졸라는 프랑스의 위대한 문학가 중 한 사람이에요. 세잔과 에밀 졸라는 같은 동네에서 태어나 어린 시절을 보낸 죽마고우였지요. 두 사람은 평생 서로에게 힘이 되는 친구였지만 사이가 나빴던 때도 있어요.

어느 날 사과만 그리고 있는 세잔을 보고 에밀 졸라가 한마디 했어요.

"세잔, 만날 사과만 만지작거리지 말고 자네도 밀레나 쿠르베처럼 가난한 농부들이나 서민들의 삶을 그려 보지 그래."

하지만 세잔은 들은 척도 하지 않았어요. 에밀 졸라의 눈에는 그런 세잔이 한심해 보였어요.

그러던 어느 해 졸라가 〈작품〉이라는 소설을 썼는데 내용인즉슨 어느 망상에 빠진 실패한 화가의 이야기였지요. 누가 봐도 세잔이 모델이 된 것이었어요. 이 일로 한동안 세잔은 친구들의 놀림감이 되었고 이때부터 두 사람의 사이는 매우 나빠지게 되었어요.

푸른 꽃병

1885~1887년, 캔버스에 유채, 61×50cm, 오르세 미술관, 프랑스 파리

세잔의 작품 중에서 가장 아름다운 그림 중 하나이다. 꽃병과 과일, 럼주병 등이 잘 배치되어 안정적인 느낌을 준다. 그런데 이 그림에는 그림자가 없다. 그래서 이 그림을 가만히 보고 있으면 일상적인 사물을 그린 것인데도 어딘가 낯선 느낌을 받을 수 있다.

모네 1840~1926 | 수련의 화가

프랑스의 대표적인 인상파 화가이다. 그는 항상 사물을 눈에 보이는 그대로 그려야 한다고 생각했다. 그래서 필요한 색을 만들기 위해 물감을 섞을 때마다 색이 흐려지는 것이 마음에 들지 않았다. 고민 끝에 그는 색을 섞지 않고 덧칠하는 방법을 고안해 냈는데, 이는 인상파 화가들을 탄생시키는 결정적인 계기가 되었다.

'인상파'라는 말은 비평가들이 그의 그림을 두고 '사물을 제대로 그릴 줄 모르고 인상만 표현할 줄 아는 화가'라고 비웃은 데서 비롯되었다. 훗날 세잔은 모네를 두고 '모네가 가진 것은 눈밖에 없다. 그러나 얼마나 위대한 눈인가.'라며 극찬하였다. 그러나 모네는 만년에 시력을 잃는 고통을 겪어야 했다.

수련

1906년, 캔버스에 유채, 89.5×93.3cm,
시카고 현대 미술관, 미국 시카고

모네는 노년에 파리 근처 시골의 연못 딸린 집으로 이사를 했다. 그는 연못 가득 수련을 심은 후 죽을 때까지 27년 동안 이 수련들을 그림으로 그렸다. 그래서 모네를 '수련의 화가'라고도 부른다.

인상 : 해돋이

1872년, 캔버스에 유채, 48×63cm, 마르모탕 미술관, 프랑스 파리

모네의 대표작 중 하나로, 해가 뜨는 풍경을 그린 그림이다.
모네는 해가 떠오르는 순간의 변화를 포착하여 거칠고 자유로운 붓놀림으로 그려 냈다. 시시각각으로 변하는 빛의 변화를 느낄 수 있는 작품이다.

인상파를 만든 작품명 〈인상 : 해돋이〉

인상파라는 말이 생기게 된 것은 모네의 작품 〈인상 : 해돋이〉에 그 어원이 있어요. 1874년 당시 한 무리의 젊은 화가들이 작품 전시회를 열었어요. 전시회를 보러 온 사람들은 모두 어이없어 했어요.
"웃기는 그림이야. 아무렇게나 자기 인상대로 물감을 발라 놓으면 다 그림이 되는 거야!"
그중에 특히 모네의 〈인상 : 해돋이〉가 가장 비난의 대상이 되었어요.
"제목이 '인상 : 해돋이'가 뭐야."
다음 날 어느 미술 평론가가 〈인상 : 해돋이〉 그림을 인상파라 부르며 마음껏 비웃었어요. 이때부터 이런 형식의 그림을 그리는 화가들을 인상파라고 부르게 되었어요.

생 라자르 역

1877년, 캔버스에 유채, 75.5×104cm, 오르세 미술관, 프랑스 파리

모네는 파리를 오가며 이용했던 생 라자르 역의 분위기를 잘 기억해 두었다가 이를 10여 점의 그림으로 남겼다. 이 그림은 그 작품들 중 가장 훌륭하다고 평가받는 그림이다.

르누아르 1841~1919 | 색채 표현의 달인

색채 표현으로 유명한 프랑스 인상파 화가이다. 어릴 때 도자기에 그림 그리는 일을 하기도 했는데, 이때 익힌 색채 감각이 화가가 된 후에 크게 도움이 되었다. 그가 그림 공부를 시작한 때는 스무 살이 넘어서였다. 그는 당시 젊은 화가들의 영향을 받아 인상파 화가의 길을 걷게 되었다. 그러나 이탈리아 여행에서 고전 미술에 감명을 받은 이후에는 그림에 큰 변화를 보였다.

원색의 풍부한 색감들로 그림을 채우며 개성적인 그림을 그리기 시작한 것이다. 그 결과 프랑스 최고의 훈장인 레지옹 도뇌르 훈장을 받았다. 화가로서 최고의 영예를 누리던 르누아르는 말년에 관절염으로 고생했다. 그러나 연필을 손에 묶어 그림을 그리는 등 화가로서의 열정을 끝까지 잃지 않았다.

물랭 드 라 갈레트

1876년, 캔버스에 유채, 131×175cm,
오르세 미술관, 프랑스 파리

무도회장의 흥겹고 들뜬 분위기가 우아하면서도 생생하게 그려져 있다. 특히 나뭇잎 사이로 비치는 햇살까지 세심하게 표현하고 있다.

인상주의 미술

1860년대에 일어난 미술 흐름이지요. 이 화가들은 사물에는 고유한 색깔만 있는 것이 아니라 그때그때 빛의 변화에 따라 사물의 색깔도 다르게 보일 수 있다는 주장을 했어요. 한 마디로 전통적인 그림 기법을 거부하고 빛에 따라 시시각각 다르게 보이는 색채의 변화에 주목했어요. 그래서 자연 속에 나타나는 빛의 작용에 따라 바뀌는, 사물의 순간적 모습을 정확히 그리려고 했어요. 대표적인 화가로는 모네, 마네, 르누아르 등이 있어요.

테라스에서(두 자매)
1881년, 캔버스에 유채, 100.6×81cm,
시카고 현대 미술관, 미국 시카고

두 소녀가 오후의 테라스에 앉아 여유로운 한때를 보내고 있다.
두 소녀의 살짝 물든 볼이 사랑스럽다.
꽃으로 가득한 모자와 바구니 역시 매우 화사한 느낌을 준다.
전체적으로 밝은 색채를 사용한 생기 넘치는 그림이다.

선상 파티의 점심

1881년, 캔버스에 유채, 130×172cm, 필립스 컬렉션, 미국 워싱턴

19세기 중반 파리에는 새로운 유행이 빠르게 퍼지고 있었다. 낮에는 센 강을 찾아 뱃놀이를 즐기고 밤에는 물랭 루주에 모여 화려한 공연을 즐기는 것이었다. 이 그림은 그 무렵 낮에 뱃놀이를 즐기던 사람들의 모습을 그리고 있다.

루소 1844~1910 | 일요화가

마흔아홉 살이 되어서야 그림을 그리기 시작한 늦깎이 화가이다. 파리에서 가난한 배관공의 아들로 태어났다. 그는 정식으로 그림 공부를 하지 못하고 생계를 위해 세관원으로 일을 하면서 일요일마다 그림을 그려 '일요화가'라는 별명을 얻기도 했다.

그가 처음 작품을 발표했을 때, 평론가들은 그의 그림에 나타난 어색한 인체 비례와 비현실적인 내용 등을 비웃었다. 그러나 그의 독특한 그림 세계는 곧 많은 사람들의 시선을 사로잡았다. 그에 대한 평가는 아직도 많이 엇갈리고 있다. 그러나 원시적이면서도 참신한 색감, 독특한 상상력 등은 피카소와 아폴리네르 등의 예술가들에게 커다란 영향을 미쳤다.

잠자는 집시

1897년, 캔버스에 유채, 129.5×200.7cm,
뉴욕 현대 미술관, 미국 뉴욕

집시 여인이 사막 한가운데 누워 잠들어 있다. 그런데 그녀의 발치에는 발자국이 보이지 않는다. 마치 집시 여인이 갑자기 사막 한가운데 뚝 떨어진 것 같은 느낌이다.
게다가 초원에 있어야 할 사자가 사막에 있다. 이 모든 것들이 어울려 마치 꿈속의 모습인 것 같은 느낌을 준다.

밤을 부리는 주술사

1907년, 캔버스에 유채, 169×189cm, 오르세 미술관, 프랑스 파리

루소가 남긴 작품들 중에서 가장 환상적인 분위기를 풍기는 그림이다. 이국적인 느낌이 나는 밀림과 고대의 여신처럼 피리를 불어 뱀을 부리는 여인, 그리고 달빛이 어우러져 무언가 신비스러운 일이 일어날 것만 같은 느낌을 준다.

'일요화가'란 무슨 말일까?

'일요화가'는 아마추어 화가를 말해요. 직업은 따로 있고 취미로 그림을 그리는 사람들이지요. 주중에는 일을 해야 하니까 그림을 그리기엔 아무래도 힘들었어요. 그래서 주로 주말인 일요일에 그림을 그려서 이런 별명이 붙은 거예요.

루소는 일요화가로 출발해 나중에는 일주일 내내 그림을 그리는 진짜 화가가 되었어요. '타히티 섬의 화가'로 유명한 고갱도 처음에는 일요화가였어요. 영국의 수상이었던 윈스턴 처칠도 주말이면 그림에 몰두하는 일요화가였다고 하네요.

고갱 1848~1903 | 타히티 섬의 화가

세잔, 고흐 등과 함께 후기 인상파를 대표하는 프랑스 화가이다. 그는 증권 거래소의 직원으로 안정적인 생활을 하며 취미로 틈틈이 그림을 그렸다. 인상파 화가들과 교류하며 직접 작품을 전시회에 출품하면서 화가로 활동하기 시작했다. 1883년부터 본격적으로 화가의 길을 걷기 시작한 그의 그림들은 원근법을 무시해 평면적인 느낌이 나면서도 원색을 활용한 강렬한 느낌을 주는 것이 특징이다. 한때는 고흐와 함께 생활하기도 했었지만 문명화된 곳에서의 생활은 그를 만족시킬 수 없었다. 결국 그는 원시의 생명력을 찾아 타히티 섬으로 갔고, 그곳에서 그의 예술은 절정을 맞았다.

언제 결혼하니?

1892년, 캔버스에 유채, 105×77cm,
바젤 미술관, 스위스 바젤

타히티 섬에서 고갱이 그린 그림들 중에는 〈어머, 질투하고 있니?〉, 〈왜 뾰로통해 있니?〉 등 재미있는 제목이 붙은 것들이 많다. 원주민들과 자연스럽게 어울려 생활하였던 고갱의 모습을 느낄 수 있다.

우리는 어디서 왔고, 어디에 있고, 어디로 가는가?

1897~1898년, 캔버스에 유채, 139×375cm, 보스턴 미술관, 미국 보스턴

이 그림을 그릴 무렵, 고갱은 자신이 곧 죽을 것이라고 생각하였다. 그래서 유작을 남기기로 결심하고 거친 삼베 위에 이 그림을 그렸다. 그리고 그는 이 그림이 엄청난 작품이라는 평가를 받을 것으로 확신하였지만 정작 그가 살아 있을 때에는 그다지 큰 호응을 얻지 못했다.

너무나 닮아서 다른 고흐와 고갱

고흐와 고갱은 화가로서 닮은 점이 많았어요. 두 사람 모두 늦은 나이에 화가의 길로 들어섰고 고집불통인데다 자기식대로 그림을 그렸어요. 그리고 생전에 인정받지 못하다가 사후에 명성을 얻게 된 것까지요. 하지만 성격만큼은 서로 반대였어요. 고흐는 지나치게 내성적이었지만 고갱은 야심만만하고 활달한 성격이었어요. 또 한 사람은 깔끔한 반면에 한 사람은 털털한 편이었지요. 그래서 한때 프랑스 아를의 '노란 집'이라는 화실에서 같이 살았지만 결국 헤어지고 말았어요.

결국 고흐가 일으킨 '귀를 자르는 사건'으로 고갱이 떠나면서 두 사람은 헤어지게 되었어요.

마리아를 위하여(이아 오아나 마리아)
1891년, 캔버스에 유채, 113.7×87.6cm,
메트로폴리탄 미술관, 미국 뉴욕

'이아 오아나 마리아'는 수태고지에서 천사 가브리엘이 마리아에게 했던 말을 타히티어로 옮긴 것이다. 아기 예수와 마리아의 모습을 타히티 원주민의 모습으로 표현한 것이 독특하다.

왜 뾰로통해 있니?

1896년, 캔버스에 유채, 95×129.6cm, 시카고 현대 미술관, 미국 시카고

〈왜 뾰로통해 있니?〉라는 흥미로운 제목이 붙은 그림이다. 타히티 섬 원주민들의 소박하고 일상적인 풍경이 고갱 특유의 색채로 그려져 있다.

고흐 1853~1890 | 해바라기의 화가

네덜란드의 인상파 화가이다. 그의 그림은 선명한 색채와 정열적인 느낌으로 유명하다. 초기에는 렘브란트와 밀레의 영향으로 다소 어두운 색깔의 그림을 그렸다. 그러나 인상파 화가들의 작품과 일본의 풍속화에 영향을 받아 밝고 대담한 색으로 그림을 그리게 되었다.

그는 극심한 가난과 정신 질환 등으로 오랫동안 고통받다가 권총 자살이라는 비극적인 방법으로 서른일곱 해의 생을 마감하고 말았다. 마지막 순간, 그는 동생 테오의 품에 안겨 '고통은 영원하다'라는 말을 남겼다고 한다. 그의 고통은 자살하기 2년 전부터가 절정이었는데, 그가 남긴 대부분의 걸작들은 바로 이 시기에 쏟아져 나왔다.

사이프러스 나무

1889년, 캔버스에 유채, 93.3×74cm, 메트로폴리탄 미술관, 미국 뉴욕

고흐는 해만 바라보는 해바라기도 좋아했지만, 하늘을 거스르기라도 할 듯이 꼿꼿이 서 있는 사이프러스 나무도 좋아하였다. 그래서 그의 작품에는 사이프러스 나무가 등장하는 그림이 많다.

후기 인상주의

인상주의의 영향을 받았지만 차츰 그 영향에서 벗어나 자신만의 개성을 나타내려 했기에 후기 인상주의라 불러요.
보통 고흐, 세잔, 고갱 등을 후기 인상주의 화가라고 해요. 하지만 이 화가들의 그림은 어디까지나 개인적이고 집단적으로는 공통점이 별로 없었어요. 단지 빛에 대한 인상주의의 집착에서 벗어났다는 점에서 일치하지요. 이들은 개성 있는 화풍으로 이후에 표현주의와 입체주의, 야수주의 등에 다양한 영향을 미쳤어요.

해바라기

1888년, 캔버스에 유채, 91×72cm,
노이에 피나코테크, 독일 뮌헨

고흐는 '해바라기의 화가'로 불릴 정도로 해바라기 그림을 많이 그렸다. 그는 해바라기를 기쁨과 희망의 상징으로 생각했다.

감자 먹는 사람들

1885년, 캔버스에 유채, 81.5×114.5cm, 반 고흐 미술관, 네덜란드 암스테르담

고흐는 농부들의 모습을 많이 그렸던 밀레를 진심으로 존경하였고, 자신도 그와 같은 화가가 되기를 바랐다.
땀 흘려 일하는 농부들이야말로 진정으로 아름다운 사람들이라고 생각하였던 것이다.

생전에 고흐가 판 단 한 점의 그림은?

고흐는 죽기 5개월 전 브뤼셀에서 자신이 그린 그림 중에 단 한 점의 그림을 팔 수 있었어요. 물론 지금 보면 터무니없는 헐값이었지요.
고흐는 〈붉은 포도밭〉을 단돈 400프랑에 팔았다고 해요. 고흐가 죽고 난 뒤에도 한동안 고흐의 그림은 여전히 세상 사람들이 알아주지 않았어요. 하지만 자신의 동생 태오 부인의 노력으로 15년 뒤 암스테르담에서 열린 고흐의 회고전에서 비로소 후기 인상파의 대표작이라는 명성을 얻으면서 오늘날까지 이어져 오고 있어요.

우체부 룰랭의 초상화

1888년, 캔버스에 유채, 81.3×64.8cm, 보스턴 미술관, 미국 보스턴

고흐가 아를에 있는 노란 집에 머물 때 친하게 지냈던 우체부 룰랭의 초상화이다. 룰랭과 그의 가족들은 고흐를 미친 사람 취급하던 다른 사람들과 달리 그를 진심으로 대해 주었다고 한다.

쇠라 1859~1891 | 점으로 그리는 화가

광학 이론과 색채학에 관심이 많았던 쇠라는 이를 바탕으로 '점묘법'이라는 새로운 기법을 만들었다. 물감을 섞으면 색이 탁해지는 현상을 막기 위해 원색의 작은 점들을 촘촘하게 찍어 멀리서 보면 색이 섞여 보이면서도 색감은 선명하게 하는 방법이다.
첫 작품 〈아스니에르에서의 물놀이〉는 완성하는 데 무려 2년이 넘는 시간이 걸렸는데, 전시회에 출품되자마자 엄청난 화제를 불러일으켰다. 그는 이론적인 면에서도 인상파의 색채 원리를 과학적으로 체계화하는 큰 업적을 남겼다. 그러나 점묘화는 선을 그리고 색을 칠하는 보통 그림보다 그리는 데 오래 걸리는데다 그가 젊은 나이에 죽었기 때문에 남아 있는 작품의 수는 적은 편이다.

점묘주의

점묘주의는 신인상주의라고도 해요. 점묘주의란 선과 면이 아닌 수많은 점들을 찍어서 그림을 그리는 것이에요. 점묘주의는 인상주의 미술을 계승하고 과학적으로 재해석하는 방법을 통하여 발전하였어요.
대표적인 화가로는 쇠라와 시냐크 등이 있어요.

서커스

1890~1891년, 캔버스에 유채, 185.5×152.5cm, 오르세 미술관, 프랑스 파리

원과 타원형의 구도를 활용하여 서커스 현장의 생생함을 잘 살리고 있는 작품이다. 이 작품은 미완성인 채로 전시회에 출품되었는데, 전시회가 끝나기 전에 쇠라가 병으로 세상을 떠나는 바람에 결국 그의 마지막 작품이 되고 말았다.

그랑드 자트 섬의 일요일 오후

1884~1886년, 캔버스에 유채, 207.5×308cm, 시카고 현대 미술관, 미국 시카고

오로지 작은 점들로만 이루어진 놀라운 그림이다. 쇠라는 3년 동안 매일 그랑드 자트 섬으로 가 사람들을 관찰하고 20여 점이 넘는 소묘와 40여 점 이상의 색채 스케치를 그린 끝에 이 작품을 완성했다고 한다.

클림트 1862~1918 | 꿈꾸는 여인의 화가

오스트리아 출신의 화가로, 귀금속 세공사이자 조각가였던 아버지와 오페라 가수였던 어머니에게서 예술적 감각을 물려받았다. 어릴 때부터 보고 자란 귀금속 세공 기법과 동양적인 무늬와 장식 기법 등을 그림에 응용해 독특하면서도 화려한 그만의 그림 세계를 창조하였다.

그는 특히 여성들의 관능적인 매력을 그림으로 표현하는 데 천재적인 재능을 보여 '여인의 화가'라는 별명을 얻기도 하였다. 그래서 그의 작품에는 대부분 꿈꾸는 듯한 몽롱한 표정의 여인들이 등장한다. 그는 평생 단 한 점의 초상화도 그리지 않았고, 자기 그림에 대한 어떤 설명을 한 적도 없으며 인터뷰에 응한 적도 없다. 그래서 그가 그린 그림만큼이나 신비로운 느낌을 주는 화가로 불리기도 한다.

처녀

1913년, 캔버스에 유채, 190×200cm,
나로드니 미술관, 체코 프라하

화려한 장식들과 여인들의 꿈꾸는 듯한 표정이 어우러져 환상적이면서도 나른한 분위기를 느낄 수 있다.

입맞춤(키스)

1907~1908년, 캔버스에 유채·금은박, 180×180cm,
빈 미술사 박물관, 오스트리아 빈

클림트의 작품들 중에서 가장 널리 알려진 그림이다. 그림 속 여인은 클림트의 오랜 정신적 연인이었던 '에밀리 플뢰게'라는 이야기가 있지만 확실하지는 않다.

로트레크 1864~1901 | 장애를 예술로 승화한 화가

날카롭고 박력 있는 그림으로 근대 미술의 역사에 큰 발자취를 남긴 프랑스 화가이다. 부유한 귀족 가문에서 태어났지만 어린 시절 사고로 성장이 멈춰 키가 150cm 정도밖에 되지 않았다고 한다. 그림을 통해 자신의 불운한 처지를 잊으려 했던 그는 파리에 정착해 살게 되면서 큰 변화를 겪게 되었다. 그는 카바레, 소극장, 카페, 무도회장 등을 드나들면서 느낀 기쁨과 슬픔 등의 온갖 감정을 그림으로 표현하였다. 특히 댄스홀 물랭 루주를 위해 그린 포스터가 큰 성공을 거두면서 그는 파리의 밤을 가장 잘 표현하는 화가로 인기를 끌었다. 그러나 서른일곱의 나이로 세상을 떠났다.

물랭 루주에 들어가는 라 굴뤼

1891년, 캔버스에 유채, 79.4×59cm, 뉴욕 현대 미술관, 미국 뉴욕

라 굴뤼는 물랭 루주의 인기 댄서로 로트레크가 그린 물랭 루주의 포스터 속 모델이기도 했다.
대식가라는 뜻의 '라 굴뤼'라는 별명처럼 폭음과 폭식을 즐겼던 그녀는 얼마 지나지 않아 스타의 자리를 내주고 쓸쓸한 생애를 보내게 된다.

물랭 루주에서

1892년, 캔버스에 유채, 122.9×140.4cm, 시카고 현대 미술관, 미국 시카고

작가 로맹 콜린스는 로트레크에 대해 '그는 마치 늑대처럼 사람들의 특징을 스케치했다'고 표현했다. 술에 취해 흥청망청 살면서도 화가로서의 예리한 시선을 잃지 않았던 그는 술집에 앉아 독한 술을 마시는 와중에도 술집을 가득 채운 사람들의 표정을 하나하나 세심하게 관찰해 그림 속에 어두운 술집 풍경을 되살려 놓았다.

뭉크 1863~1944 | 절규하는 화가

노르웨이가 자랑하는 세계적인 화가로 표현주의의 선구자이다. 그는 어린 시절 어머니와 누이를 비롯한 가족들을 차례로 잃는 불행을 경험하였다. 이 슬픔을 극복하기 위해 그의 아버지는 점점 종교에 깊이 빠져들면서 광적으로 변해 갔다고 한다. 뭉크는 자신이 아버지의 그러한 광기를 물려받았다고 생각했다. 그의 이러한 불안정한 심리는 고스란히 그림으로 나타났고, 누구나 마음 속에 불안감을 안고 살아가는 현대인들의 마음을 크게 움직였다.

사춘기

1894년, 캔버스에 유채, 149×112cm, 뭉크 미술관, 노르웨이 오슬로

소녀에서 어른으로 성장하는 과정의 사춘기를 그렸다. 소녀 뒤에 드리워진 그림자가 소녀의 정신적, 육체적 불안감을 잘 표현해 내고 있다.

표현주의 미술

표현주의는 20세기 초 독일과 오스트리아를 중심으로 일어난 미술 경향을 말해요. 대상을 단순히 아름답고 사실적으로 묘사하는 것에서 벗어나 주제를 강조하고 색채와 구도, 형태와 대상의 조화를 과장하거나 생략해서 나타내는 것이 특징이에요.

즉 어떤 사물에 대해 표현하고자 하는 작가의 마음을 중요하게 생각하는 것이지요. 그래서 표현하고자 하는 것을 중점적으로 표현하고 그렇지 않은 것은 과감히 생략하는 것이에요.

그 대표적인 화가가 바로 뭉크예요.

절규(스크림)
1893년, 목판에 유채 파스텔, 83.5×66cm,
뭉크 미술관, 노르웨이 오슬로

마치 강력하고 무한한 절규가 대자연을 가로질러 가는 것 같다.
이 그림은 그의 경험을 바탕으로 하고 있다.
어느 날 갑자기 길을 걷는데 하늘이 붉게 물들고 주위가 일그러지면서 어디선가 날카로운 비명이 들렸고, 그가 할 수 있는 일은 공포에 질려 그 자리에 못 박혀 서 있는 것 뿐이었다고 한다. 그가 겪은 충격적인 감정이 그림에서 고스란히 전해져 온다.

칸딘스키 1866~1944 | 추상 미술의 아버지

러시아에서 태어난 화가이며 판화가, 예술 이론가이다. 모스크바 대학에서 교수로 일하다 서른 살이 넘어서 그림을 그리기 시작했다. 초기에는 모네의 영향을 많이 받았다. 그는 1931년 무렵 이집트, 그리스, 터키 등을 여행하며 동양의 풍경에 큰 감명을 받았다. 그리고 이때 받은 감명을 잊지 않고 1933년 파리로 이주한 후부터 그림으로 표현하기 시작했다. 그의 그림은 색이 선명하고 음악적인 느낌을 주는 것이 특징이다. 처음에는 역동적인 느낌이 강한 추상화들을 그리다가 점점 기하학적인 형태를 띠는 그림들로 옮겨 가며 자신만의 개성 있는 그림들을 완성했다. 그런 의미에서 칸딘스키는 현대 추상 미술의 아버지라고 할 수 있다. 1939년에 프랑스 국적을 얻어 1944년 생을 마감할 때까지 프랑스에서 활동하였다.

즉흥 30

1913년, 캔버스에 유채, 109.2×109.9cm,
시카고 현대 미술관, 미국 시카고

'대포'라는 이름으로도 불리는 작품이다. 칸딘스키는 색채를 음악으로 종종 표현했는데 그의 설명에 따르면 옅은 파랑은 플루트, 짙은 파랑은 첼로, 아주 짙은 파랑은 콘트라베이스와 비슷하다.

추상 미술 탄생의 비밀

어느 날, 외출에서 돌아온 칸딘스키는 자신의 작업실에서 낯선 그림을 한 점 발견했어요. 아무리 봐도 무엇을 그렸는지는 알 수 없었지만, 밝은 색 바탕 위에 점점이 흩어진 형체들이 그의 마음을 사로잡았지요.

한참 후에 그는 그것이 옆으로 놓인 자신의 그림임을 알았어요. 그 순간 칸딘스키는 그림이 꼭 대상을 객관적으로만 묘사할 필요가 없다는 것을 깨달았어요. 바로 이것이 추상 미술의 출발이었어요. 굳이 무엇을 그린 것인지 알 필요 없이 단지 그림에서 조화로움과 평화로움을 느낄 수 있다면 그것으로 충분하다는 주장에서 추상 미술이 탄생한 것이지요.

컴퍼지션 8

1923년, 캔버스에 유채, 140×201cm, 구겐하임 미술관, 미국 뉴욕

칸딘스키는 점, 선, 색채, 형태의 조화와 구성만으로 표현된 그림을 그렸다. 그는 음악의 음 자체가 우리에게 감동을 주듯이 색채나 형태도 그 자체로서 미적인 감동을 줄 수 있다고 생각했던 것이다.

마티스 1869~1954 | 야수같은 강렬한 원색

피카소와 더불어 20세기 최고의 화가로 불린다. 스무 살 무렵 맹장염으로 입원해 있는 동안 지루함을 달래기 위해 그림을 그리기 시작했다. 이후 그림의 매력에 빠진 마티스는 모로에게서 그림을 배웠다. 모로는 마티스가 후일 단순화된 그림을 그릴 것이라고 장담했다. 모로의 말대로 그는 단순화된 그림에 원색을 거침없이 구사해 미술계에 큰 혁명을 일으켰다.

드랭, 블랑맹크, 마르케 등과 함께 연 전시회에서 그들의 강렬한 그림을 본 한 비평가들이 '야수파'라는 별명을 붙였다. 마티스에게 색은 경험과 감정의 표현 수단이었다. 그는 색에 대해 이렇게 말했다.

"색의 가장 중요한 역할은 올바르게 표현되는 것이다. 나는 아무 편견 없이 색을 캔버스 위에 놓는다."

붉은 조화

1908~1909년, 캔버스에 유채, 177×218cm,
에르미타슈 미술관, 러시아 상트페테르부르크

원근법 등을 완전히 무시하고 평면적이며 단순하게 표현한 작품이다. 이 그림에서는 입체감도 질감도 전혀 느껴지지 않는다. 오로지 붉은 색채의 강렬함만을 느낄 수 있다. 이름 그대로 거칠고 강한 야수파의 특징을 잘 보여주는 그림이다.

야수파

20세기 초 프랑스에서 일어난 미술 흐름이에요. 강한 붓질과 빨간색, 노란색, 파란색 등 원색을 과감하게 사용하여 강렬하고 신선한 느낌을 전달해요. 이들은 이런 느낌을 전달하기 위해 순수한 색채를 찾아 쓰는 것을 목적으로 하고 있어요. 대표적인 화가로는 마티스, 루소 등이 있어요.

붉은빛의 실내
1948년, 캔버스에 유채, 146×97cm,
조르주 퐁피두 센터, 프랑스 파리

화가 자신의 작업실을 그린 작품이다. 현실과 상관없이 화면 구성에 필요하다고 생각한 색을 과감하게 선택하여 표현하였다.

〈춤 1〉
1909년, 캔버스에 유채, 260×391cm, 에르미타슈 미술관, 러시아 상트페테르부르크

〈춤 2〉

1910년, 캔버스에 유채, 260×391cm, 에르미타슈 미술관, 러시아 상트페테르부르크

마티스가 초창기 때 그린 대작이다. 춤추는 사람들의 흥겨움을 고스란히 전해 주기 위해서 형태와 색을 단순화했다. 두 그림은 같은 구도와 형태의 인물을 그렸지만 색채의 차이로 인해 완전히 다른 느낌을 풍긴다. 〈춤 1〉이 차분하고 이성적이라면, 〈춤 2〉는 원시적이고 강렬한 느낌을 준다.

몬드리안 1872~1944 | 기하학적 추상화가

네덜란드 출신의 화가로, 기하학적 추상화를 처음 선보였다. 초기에는 뭉크의 영향을 받기도 했지만 이후에는 고흐와 야수파 화가들에게서 영향을 받으면서 새로운 형태의 그림을 그리기 시작했다.
자연을 극히 단순화시켜서 수직과 수평의 선, 그리고 그 선들이 만나 생기는 공간으로 표현하였는데, 이러한 그의 그림은 미술계뿐만 아니라 패션계와 건축계에도 큰 영향을 미쳤다. 세계적인 패션디자이너 이브 생 로랑은 그의 작품을 응용해 '몬드리안 룩'을 선보이기도 했다.

몬드리안 룩

몬드리안 룩이란 몬드리안 패션이란 말이에요. 1965년 파리 컬렉션에서 세계적인 패션디자이너 이브 생 로랑이 몬드리안의 기하학적 무늬를 살려 디자인한 옷을 발표했어요. 이것을 몬드리안 룩이라고 해요.

빨강·파랑·노랑의 컴퍼지션
1930년, 캔버스에 유채, 61×61cm, 아몬드 바르토스 부부의 컬렉션

몬드리안은 '자연은 끊임없이 변화하지만 근본적으로는 절대적인 규칙에 따라 움직인다'고 생각하였다.
그 절대적이고 근본적인 규칙을 따라 자연을 단순화하다 보면 수직과 수평의 선이 남고, 그것들이 서로 만나면 공간이 생긴다는 것이다. 몬드리안은 공간을 자연의 삼원색 즉 빨강, 파랑, 노랑으로 채워가며 끊임없이 작품을 만들어 냈다.

브로드웨이 부기우기

1942~1943년, 캔버스에 유채, 127×127cm, 뉴욕 현대 미술관, 미국 뉴욕

몬드리안이 말년에 그린 대표적인 작품이다. '브로드웨이'는 뉴욕의 중심 이름이고, '부기우기'는 당시 유행하던 흥겨운 재즈 리듬이다. 뉴욕의 활기찬 모습과 뉴욕 거리에서 들려오는 음악에서 영감을 얻어 그린 작품이라고 한다. 뉴욕이라는 도시에 대한 구체적인 묘사 없이도 그 생기 넘치는 분위기를 훌륭하게 표현한 작품이다.

콜비츠 1867~1945 | 민중 판화의 여성 선구자

표현주의의 영향을 받은 독일의 작가로 그림, 조각, 판화 등 다양한 분야에서 명성이 높다. 그녀의 작품 〈직조공들의 봉기〉, 〈농민 전쟁〉, 〈전쟁〉 등 세 편의 연작 시리즈는 독일을 대표하는 예술 작품으로 사랑받고 있다.
가난하고 힘없는 사람들의 편에서 활동했던 그녀는 부당한 권력에 대항하는 예술가의 대표적인 인물이다. "나는 어찌할 바를 모르고 도움을 필요로 하는 이 시대의 사람들에게 도움을 주는 것을 내 작품의 목적으로 생각한다"는 그녀의 말을 통해 작품 세계를 잘 이해할 수 있다.

#1 빈곤
1893~1894년, 석판, 15×15cm,

#2 죽음
1897년, 석판, 22×18cm,

#3 회의
1898년, 에칭, 30×18cm,

직조공들의 봉기

산업 혁명 이후, 공장에서 일하던 직조공들은 기계에 밀려 쫓겨나거나 적은 돈을 받고 일해야 했다. 가난에 시달리던 직조공들은 봉기를 일으켰다. 그러나 곧 직조공들에게 무자비한 폭력이 가해졌고 그들은 좌절하고 말았다. 독일의 슐레지엔 지방에서 일어났던 이 사건은 연극으로 만들어졌고 그것을 본 콜비츠는 큰 충격을 받았다. 그래서 이 사건을 여섯 개의 판화로 제작하였다. 아래 작품들은 미국의 파인아트 뮤지엄과 미시건 대학 박물관 등에 전시되어 있다.

#4 행진

1897년, 에칭, 22×30cm.

#5 폭동

1897년, 에칭, 24×30cm.

#6 결말

1897년, 에칭, 25×31cm.

클레 1879~1940 | 선으로 유머를 표현한 화가

독일 태생의 화가로, 그는 그림뿐만 아니라 음악에도 매우 뛰어난 재능이 있었다. 튀니지를 여행하며 그곳의 선명한 색감에서 감동을 받아 새로운 그림 세계를 창조했다. 그의 그림은 추상화이면서도 난해하지 않고 이해하기가 쉬워 사람들에게 인기가 높았다.

1933년까지 독일에 머물며 작품 활동을 했으나, 나치에게 100여 점이 넘는 작품을 압수당한 뒤 독일을 떠나 스위스로 갔다. 그 후 "독일은 가는 곳마다 시체 냄새가 가득해 살 수가 없다"고 말하며 평생 다시는 독일로 돌아가지 않았다. 그는 9,000점이 넘는 작품을 남길 정도로 왕성하게 작품 활동을 했다. 2005년에는 그의 고향 베른에 그의 업적을 집대성한 〈파울 클레 센터〉가 세워졌다.

세네치오

1922년경, 판지·거즈에 유채, 40.5×38cm, 바젤 미술관, 스위스 바젤

선과 색과 면이 화가의 내면에서 나오는 에너지에 의해 움직인다는 클레의 이론에 충실한 그림이다. 스스로 '선과 함께 산책하는 것을 즐긴다'라고 했던 것처럼 단순화된 선과 색의 구도가 재미있다.

입체주의 미술

큐비즘이라고도 해요. 1900년대 피카소 등에 의해 파리를 중심으로 퍼진 미술 흐름이에요.
단순한 자연의 모방에서 벗어났을 뿐만 아니라 원근법, 명암법 등의 전통적인 미술 기법을 거부했어요. 2차원의 평면에 3차원의 대상을 모두 입체적인 것처럼 표현하다 보니 괴상하게 보이게 되고 그래서 입체파라고 하지요.
피카소는 '나는 보는 것을 그리는 것이 아니라 생각하는 것을 그린다'라고 말하면서 자신의 미술에 대한 철학을 이 한마디로 나타내었어요.

R 별장

1919년, 널빤지에 유채, 26.5×22cm,
바젤 미술관, 스위스 바젤

사물을 극히 단순화해서 표현했지만 그 의미는 충분히 전달이 된다. 그래서 그의 그림에 대해 '추상이면서도 추상이 아니다'라는 표현을 쓰기도 한다.

모딜리아니 1884~1920 | 목이 긴 여인

이탈리아의 화가이자 조각가이지만 주로 프랑스 파리에서 활동을 했다. 한때 그는 조각에도 심취했지만 건강이 나빠져 힘에 부치기도 하고 재료비도 많이 들어 그림으로 돌아섰다. 뛰어난 재능을 가졌지만 결핵이라는 병 때문에 서른여섯의 나이에 세상을 떠났다.

모딜리아니처럼 20세기 초에서 중반까지 프랑스 파리에서 활동했던 다른 나라 화가들을 '에콜 드 파리'라고 부른다. 한마디로 '파리 화가'라는 뜻이다.

왜 눈동자를 그리지 않았어요?

모딜리아니는 가난한 화가였지만 잔느 에뷔테른을 만나 운명적인 사랑을 나누었어요. 그는 자신의 아내를 그릴 때 얼굴에 눈동자를 그려 넣지 않았어요. 어느 날 잔느가 이유를 묻자 이렇게 대답했어요.

"당신의 영혼을 표현할 수 있을 때 눈동자를 그리겠소."

큰 모자를 쓴 에뷔테른

1918~1919년, 캔버스에 유채, 54×37.5cm, 메트로폴리탄 미술관, 미국 뉴욕

모딜리아니의 아내 잔느를 그린 그림이다. 그의 그림에서는 인물들이 비정상적으로 길게 늘어난 얼굴과 목을 하고 있는데, 이는 연약한 듯하면서도 아름다운 느낌을 준다.

20세기 미술

20세기 미술은 한마디로 정의하기 어려워요. 그리고 이전처럼 미술 흐름이 순차적으로 이어나가는 것이 아니에요. 야수주의, 입체주의, 초현실주의, 추상주의와 다다이즘, 추상표현주의, 팝아트, 비디오 아트 같은 전혀 새로운 미술이 등장하고 있지요. 이처럼 20세기 미술은 다양하고 복잡해요.
대표적인 사람으로는 피카소, 칸딘스키, 뒤샹, 달리, 폴록, 워홀, 리히텐슈타인, 백남준 등이 있어요. 특히 백남준은 팝아트의 대표적인 예술가로 바로 한국인이지요.

잔느의 초상

1918년, 캔버스에 유채, 101×65.7cm, 노튼 사이먼 미술관, 미국 패서디나

모딜리아니의 아내 잔느는 부모의 반대를 무릅쓰고 그와 결혼했다. 두 사람은 가난해도 행복했지만 그들의 사랑은 결국 비극으로 끝나고 말았다. 모딜리아니가 병으로 죽은 후 잔느는 둘째 아이를 임신한 몸으로 '천국에서도 모델이 되어 달라'고 말했던 남편의 뒤를 따라 자살하면서 비극적 사랑의 끝을 맺었다.

목걸이를 한 여인

1917년, 캔버스에 유채, 91.5×60.8cm, 시카고 현대 미술관, 미국 시카고

붉은 머리를 틀어 올린 여인이 양손을 가지런히 모으고 앉아 있다. 뭔가 의아한 것이 있는지 고개를 살짝 기울이고 있다. 눈가의 점과 도톰한 입술, 붉은 머리가 한데 어울려 새침한 인상을 준다. 모딜리아니의 그림답게 여인의 목 역시 길게 뻗어 있다.

샤갈 1887~1985 | 환상적인 분위기의 화가

러시아에서 태어나 파리에서 주로 활동한 화가이다. 환상적이고 동화적인 그림들을 선보여 20세기 최고의 화가 중 한 사람으로 불린다. 입체파와 야수파의 영향을 자신만의 방법으로 소화하여 따뜻하고 다정한 느낌의 그림들을 그렸다.

제1차 세계 대전이 일어나자 고향 러시아로 잠시 돌아가기도 하였지만 사회주의 국가가 된 러시아에 적응하지 못하고 1922년에 파리로 돌아왔다. 이후 프랑스 국적을 취득하고 활발히 작품 활동을 하였다. 그림뿐만 아니라 판화, 도자기, 벽화, 스테인드글라스 제작 등 다양한 분야에 재능을 보였으며, 특히 성경 속 이야기들을 동판화로 제작한 작품들이 유명하다.

생일

1915년, 캔버스에 유채, 80.6×99.7cm, 뉴욕 현대 미술관, 미국 뉴욕

샤갈은 스물두 살에 소녀 벨라를 보고 사랑에 빠졌다. 그후 6년간의 열렬한 연애 끝에 결혼한 두 사람은 벨라가 죽을 때까지 서로를 깊이 사랑하였다. 이 그림은 두 사람이 결혼하기 열흘 전에 그린 것으로, 샤갈 자신의 생일을 맞아 그 기쁨을 표현하고 있는 작품이다.

초현실주의 미술

초현실주의는 프로이트가 주장한 정신분석학의 영향을 받은 말이라고 해요.
미술에서 이성과 관계없는 인간의 무의식과 공상, 꿈의 세계 등을 나타내고자 하는 것이지요.
초현실주의라는 말의 시초는 1917년 시인 아폴리네르에 의해 만들어졌다고 해요.
대표적인 화가로는 달리, 미로 등이 있어요.

나와 마을

1911년, 캔버스에 유채, 192.1×151.4cm,
뉴욕 현대 미술관, 미국 뉴욕

샤갈의 그림들 중에서 가장 상징성이 뛰어난 작품으로 손꼽힌다.
이 그림은 어린 시절 고향을 떠나 프랑스에서 그림 공부를 하며 살던 샤갈의 고향을 그리워하는 마음이 잘 나타나 있다. 화면 오른쪽에 초록색으로 그려진 얼굴은 샤갈을 뜻하며, 그가 간직한 고향에 대한 기억과 추억들이 동화적인 색감으로 표현되어 있다.

백만 엄마들의 가슴을 뛰게 만든 바로 그 책,

<공부가 되는> 시리즈

- 재미와 호기심을 충족시키며 교과 연계 학습까지 되는 기초 교양 학습서
- 연이은 백만 엄마들의 뜨거운 호평, 출간 즉시 베스트셀러 도서
- 통섭과 융합형 교과서로 하버드 대학 교수가 추천한 도서